George Orwell

La ferme des animaux

Traduit de l'anglais
par Jean Quéval

Champ Libre

Titre original :

ANIMAL FARM

La première traduction française de Animal Farm *a été publiée sous le titre* Les Animaux partout *par les éditions O. Pathé, à Monaco, en 1947; une deuxième traduction sous le titre* La République des animaux *a paru aux éditions Gallimard, à Paris, en 1964.*

George Orwell, de son vrai nom Eric Blair, est né aux Indes en 1903, exactement à Motihari (Bengale). De 1922 à 1927, il servit dans la Police Indienne Impériale, en Birmanie. Il a relaté cette expérience dans *Burmese days* (1934). Pendant les années suivantes, il s'installe à Paris, où il a vécu entre autres comme un clochard, ce qu'il a raconté dans son livre : *Dans la dèche à Paris et à Londres.* En 1936, il fait la guerre d'Espagne dans les rangs républicains et il y est blessé. Il écrit alors *Hommage à la Catalogne.* Pendant la guerre, il travaille pour la B.B.C. Puis il est correspondant spécial de l'*Observer* en France et en Allemagne, où il se montre un fin observateur de la vie politique.

Orwell est mort à Londres en janvier 1950, peu après avoir publié son très célèbre ouvrage, *1984.* Tout le monde connaît cette peinture d'un monde totalitaire, prophétique jusque dans les détails : l'omniprésent visage à la moustache noire, avec pour légende « Big Brother vous regarde », les hélicoptères qui surveillent les gens par la fenêtre, la Police de la Pensée, la torture, la rééducation, la toute-puissance de l'Etat. Aujourd'hui que la véritable année 1984 est arrivée, on peut voir hélas le modèle imaginé par George Orwell s'étendre sur la carte du monde.

I

Le propriétaire de la Ferme du Manoir, Mr. Jones, avait poussé le verrou des poulaillers, mais il était bien trop saoul pour s'être rappelé de rabattre les trappes. S'éclairant de gauche et de droite avec sa lanterne, c'est en titubant qu'il traversa la cour. Il entreprit de se déchausser, donnant du pied contre la porte de la cuisine, tira au tonneau un dernier verre de bière et se hissa dans le lit où était Mrs. Jones déjà en train de ronfler.

Dès que fut éteinte la lumière de la chambre, ce fut à travers les bâtiments de la ferme un bruissement d'ailes et bientôt tout un remue-ménage. Dans la journée, la rumeur s'était répandue que Sage l'Ancien avait été visité, au cours de la nuit précédente, par un rêve étrange dont il désirait entretenir les autres animaux. Sage l'Ancien était un cochon qui, en son jeune temps, avait été proclamé lauréat de sa catégorie — il avait concouru sous le nom de

Beauté de Willingdon, mais pour tout le monde il était Sage l'Ancien. Il avait été convenu que tous les animaux se retrouveraient dans la grange dès que Mr. Jones se serait éclipsé. Et Sage l'Ancien était si profondément vénéré que chacun était prêt à prendre sur son sommeil pour savoir ce qu'il avait à dire.

Lui-même avait déjà pris place à l'une des extrémités de la grange, sur une sorte d'estrade (cette estrade était son lit de paille éclairé par une lanterne suspendue à une poutre). Il avait douze ans, et avec l'âge avait pris de l'embonpoint, mais il en imposait encore, et on lui trouvait un air raisonnable, bienveillant même, malgré ses canines intactes. Bientôt les autres animaux se présentèrent, et ils se mirent à l'aise, chacun suivant les lois de son espèce. Ce furent d'abord le chien Filou et les deux chiennes qui se nommaient Fleur et Constance, et ensuite les cochons qui se vautrèrent sur la paille, face à l'estrade. Les poules allèrent se percher sur des appuis de fenêtres et les pigeons sur les chevrons du toit. Vaches et moutons se placèrent derrière les cochons, et là se prirent à ruminer. Puis deux chevaux de trait, Malabar et Douce, firent leur entrée. Ils avancèrent à petits pas précautionneux, posant avec délicatesse leurs nobles sabots sur la paille, de peur qu'une petite bête ou l'autre s'y fût tapie. Douce était une superbe matrone entre deux âges qui, depuis la naissance de son quatrième poulain, n'avait plus retrouvé la silhouette de son jeune temps. Quant à Malabar : une énorme bête, forte comme n'importe quels deux chevaux. Une longue raie blanche lui tombait jusqu'aux naseaux, ce qui lui donnait un air un peu bêta ; et, de fait, Malabar n'était pas génial. Néanmoins, chacun le respectait parce qu'on pouvait compter sur lui et qu'il abattait une besogne fantastique. Vinrent encore Edmée, la chèvre blanche, et Benjamin, l'âne. Benjamin était le plus vieil animal de la ferme et le plus acariâtre. Peu expansif, quand il s'exprimait c'était en général par boutades cyniques. Il déclarait, par exemple, que Dieu lui avait bien donné une queue pour chasser les mouches, mais qu'il aurait beaucoup préféré n'avoir ni queue ni mouches. De tous les animaux de la ferme, il était le seul à ne jamais rire. Quand on lui demandait pourquoi, il disait qu'il n'y a pas de quoi rire. Pourtant, sans vouloir en convenir, il était l'ami dévoué de Malabar. Ces deux-là passaient d'habitude le dimanche ensemble, dans le petit enclos derrière le verger, et sans un mot broutaient de compagnie.

A peine les deux chevaux s'étaient-ils étendus sur la paille qu'une couvée de canetons, ayant perdu leur mère, firent irruption dans la grange, et tous ils piaillaient de leur petite voix et s'égaillaient çà et là, en quête du bon endroit où personne ne leur marcherait dessus. Douce leur fit un rempart de sa grande jambe, ils s'y blottirent et s'endormirent bientôt. A la dernière minute, une autre jument, répondant au nom de Lubie (la jolie follette blanche que Mr. Jones attelle à son cabriolet) se glissa à l'intérieur de la grange en mâchonnant un sucre. Elle se plaça sur le devant et fit des mines avec sa crinière blanche enrubannée de rouge. Enfin ce fut la chatte. A sa façon habituelle, elle jeta sur l'assemblée un regard circulaire, guignant la bonne place chaude. Pour finir, elle se coula entre Douce et Malabar. Sur quoi elle ronronna de contentement, et du discours de Sage l'Ancien n'entendit pas un traître mot.

Tous les animaux étaient maintenant au rendez-vous — sauf Moïse, un corbeau apprivoisé qui sommeillait sur un perchoir, près de la porte de derrière — et les voyant à l'aise et bien attentifs, Sage l'Ancien se râcla la gorge puis commença en ces termes :

« Camarades, vous avez déjà entendu parler du rêve étrange qui m'est venu la nuit dernière. Mais j'y reviendrai tout à l'heure. J'ai d'abord quelque chose d'autre à vous dire. Je ne compte pas, camarades, passer encore de longs mois parmi vous. Mais avant de mourir je

10

voudrais m'acquitter d'un devoir, car je désire vous faire profiter de la sagesse qu'il m'a été donné d'acquérir. Au cours de ma longue existence, j'ai eu, dans le calme de la porcherie, tout loisir de méditer. Je crois être en mesure de l'affirmer : j'ai, sur la nature de la vie en ce monde, autant de lumières que tout autre animal. C'est de quoi je désire vous parler.

Quelle est donc, camarades, la nature de notre existence ? Regardons les choses en face : nous avons une vie de labeur, une vie de misère, une vie trop brève. Une fois au monde, il nous est tout juste donné de quoi survivre, et ceux d'entre nous qui ont la force voulue sont astreints au travail jusqu'à ce qu'ils rendent l'âme. Et dans l'instant que nous cessons d'être utiles, voici qu'on nous égorge avec une cruauté inqualifiable. Passée notre première année sur cette terre, il n'y a pas un seul animal qui entrevoie ce que signifient des mots comme loisir ou bonheur. Et quand le malheur l'accable, ou la servitude, pas un animal qui soit libre. Telle est la simple vérité.

Et doit-il en être tout uniment ainsi par un décret de la nature ? Notre pays est-il donc si pauvre qu'il ne puisse procurer à ceux qui l'habitent une vie digne et décente ? Non, camarades, mille fois non ! Fertile est le sol de l'Angleterre et propice son climat. Il est possible de nourrir dans l'abondance un nombre d'animaux bien plus considérable que ceux qui vivent ici. Cette ferme à elle seule pourrait pourvoir aux besoins d'une douzaine de chevaux, d'une vingtaine de vaches, de centaines de moutons — tous vivant dans l'aisance une vie honorable. Le hic, c'est que nous avons le plus grand mal à imaginer chose pareille. Mais puisque telle est la triste réalité, pourquoi en sommes-nous toujours à végéter dans un état pitoyable ? Parce que tout le produit de notre travail, ou presque, est volé par les humains. Camarades, là se trouve la réponse à nos problèmes. Tout tient en un mot : l'Homme. Car l'Homme est notre seul véritable ennemi. Qu'on le supprime, et voici extirpée la racine du mal. Plus à trimer sans relâche ! Plus de meurt-la-faim !

L'Homme est la seule créature qui consomme sans produire. Il ne donne pas de lait, il ne pond pas d'œufs, il est trop débile pour pousser la charrue, bien trop lent pour attraper un lapin. Pourtant le voici le suzerain de tous les animaux. Il distribue les tâches entre eux, mais ne leur donne en retour que la maigre pitance qui les maintient en vie. Puis il garde pour lui le surplus. Qui laboure le sol ? Nous ! Qui le féconde ? Notre fumier ! Et pourtant pas un parmi nous qui n'ait que sa peau pour tout bien. Vous, les vaches là devant moi, combien de centaines d'hectolitres de lait n'avez-vous pas produit l'année dernière ? Et qu'est-il advenu de ce lait qui vous aurait permis d'élever vos petits, de leur donner force et vigueur ? De chaque goutte l'ennemi s'est délecté et rassasié. Et vous les poules, combien d'œufs n'avez-vous pas pondus cette année-ci ? Et combien de ces œufs avez-vous couvés ? Tous les autres ont été vendus au marché, pour enrichir Jones et ses gens ! Et toi, Douce, où sont les quatre poulains que tu as portés, qui auraient été la consolation de tes vieux jours ? Chacun d'eux fut vendu à l'âge d'un an, et plus jamais tu ne les reverras ! En échange de tes quatre maternités et du travail aux champs, que t'a-t-on donné ? De strictes rations de foin plus un box dans l'étable !

Et même nos vies misérables s'éteignent avant le terme. Quant à moi, je n'ai pas de hargne, étant de ceux qui ont eu de la chance. Me voici dans ma treizième année, j'ai eu plus de quatre cents enfants. Telle est la vie normale chez les cochons, mais à la fin aucun animal n'échappe au couteau infâme. Vous autres, jeunes porcelets assis là et qui m'écoutez, dans les douze mois chacun de vous, sur le point d'être exécuté, hurlera d'atroce souffrance. Et à cette horreur et à cette fin, nous sommes tous astreints — vaches et cochons, moutons et poules, et personne n'est exempté. Les chevaux eux-mêmes et les chiens n'ont pas un sort plus enviable. Toi, Malabar, le jour où tes muscles fameux n'auront plus leur force ni leur emploi, Jones te vendra à l'équarrisseur, et l'équarrisseur te tranchera la gorge ; il fera bouillir tes restes à petit feu, et il en nourrira la meute de ses chiens. Quant aux chiens eux-mêmes, une fois édentés et hors d'âge, Jones leur passe une grosse pierre au cou et les noie dans l'étang le plus proche.

Camarades, est-ce que ce n'est pas clair comme de l'eau de roche ? Tous les maux de notre vie sont dus à l'Homme, notre tyran. Débarrassons-nous de l'Homme, et nôtre sera le produit de notre travail. C'est presque du jour au lendemain que nous pourrions devenir libres et riches. A cette fin, que faut-il ? Eh bien, travailler de jour et de nuit, corps et âme, à renverser la race des hommes. C'est là mon message, camarades. Soulevons-nous ! Quand aura lieu le soulèvement, cela je l'ignore : dans une semaine peut-être ou dans un siècle. Mais, aussi vrai que sous moi je sens de la paille, tôt ou tard justice sera faite. Ne perdez pas de vue l'objectif, camarades, dans le temps compté qui vous reste à vivre. Mais avant tout, faites part de mes convictions à ceux qui viendront après vous, afin que les générations à venir mènent la lutte jusqu'à la victoire finale.

Et souvenez-vous-en, camarades : votre résolution ne doit jamais se relâcher. Nul argument ne vous fera prendre des vessies pour des lanternes. Ne prêtez pas l'oreille à ceux selon qui l'Homme et les animaux ont des intérêts communs, à croire vraiment que de la prospérité de l'un dépend celle des autres ? Ce ne sont que des mensonges. L'Homme ne connaît pas d'autres intérêts que les siens. Que donc prévalent, entre les animaux, au fil de la lutte, l'unité parfaite et la camaraderie sans faille. Tous les hommes sont des ennemis. Les animaux entre eux sont tous camarades. »

A ce moment-là ce fut un vacarme terrifiant. Alors que Sage l'Ancien terminait sa péroraison révolutionnaire, on vit quatre rats imposants, à l'improviste surgis de leurs trous et se tenant assis, à l'écoute. Les chiens les ayant aperçus, ces rats ne durent le salut qu'à une prompte retraite vers leur tanière. Alors Sage l'Ancien leva une patte auguste pour réclamer le silence.

« Camarades, dit-il, il y a une question à trancher. Devons-nous regarder les créatures sauvages, telles que rats et lièvres, comme des alliées ou comme des ennemies ? Je vous propose d'en décider. Que les présents se prononcent sur la motion suivante : Les rats sont-ils nos camarades ? »

Derechef on vota, et à une écrasante majorité il fut décidé que les rats seraient regardés en camarades. Quatre voix seulement furent d'un avis contraire : les trois chiens et la chatte (on le découvrit plus tard, celle-ci avait voté pour et contre). Sage l'Ancien reprit :

« J'ai peu à ajouter. Je m'en tiendrai à redire que vous avez à montrer en toutes circonstances votre hostilité envers l'Homme et ses façons de faire. L'ennemi est tout deuxpattes, l'ami tout quatrepattes ou tout volatile. Ne perdez pas de vue non plus que la lutte elle-même ne doit pas nous changer à la ressemblance de l'ennemi. Même après l'avoir vaincu, gardons-nous de ses vices. Jamais animal n'habitera une maison, ne dormira dans un lit, ne portera de vêtements, ne touchera à l'alcool ou au tabac, ni à l'argent, ni ne fera négoce. Toutes les mœurs de l'Homme sont de mauvaises mœurs. Mais surtout, jamais un animal n'en tyrannisera un autre. Quand tous sont frères, peu importe le fort ou le faible, l'esprit profond ou simplet. Nul animal jamais ne tuera un autre animal. Tous les animaux sont égaux.

Maintenant, camarades, je vais vous dire mon rêve de la nuit dernière. Je ne m'attarderai pas à le décrire vraiment. La terre m'est apparue telle qu'une fois délivrée de l'Homme, et cela m'a fait me ressouvenir d'une chose enfouie au fin fond de la mémoire. Il y a belle lurette, j'étais encore cochon de lait, ma mère et les autres truies chantaient souvent une chanson dont elles ne savaient que l'air et les trois premiers mots. Or, dans mon rêve de la nuit dernière, cette chanson m'est revenue avec toutes les paroles — des paroles, j'en suis sûr, que jadis ont dû chanter les animaux, avant qu'elles se perdent dans la nuit des temps. Mais maintenant, camarades, je vais la chanter pour vous. Je suis d'un âge avancé, certes, et ma voix est rauque, mais quand vous aurez saisi l'air, vous vous y retrouverez mieux que moi. Le titre, c'est *Bêtes d'Angleterre.* »

Sage l'Ancien se râcla la gorge et se mit à chanter. Sa voix était rauque, ainsi qu'il avait dit, mais il se tira bien d'affaire. L'air tenait d'*Amour toujours* et de *La Cucaracha,* et on en peut dire qu'il était plein de feu et d'entrain. Voici les paroles de la chanson :

> *Bêtes d'Angleterre et d'Irlande,*
> *Animaux de tous les pays,*
> *Prêtez l'oreille à l'espérance*
> *Un âge d'or vous est promis.*
>
> *L'homme tyran exproprié,*
> *Nos champs connaîtront l'abondance,*
> *De nous seuls ils seront foulés,*
> *Le jour vient de la délivrance.*
>
> *Plus d'anneaux qui pendent au nez,*
> *Plus de harnais sur nos échines,*
> *Les fouets cruels sont retombés*
> *Éperons et mors sont en ruine.*

Des fortunes mieux qu'en nos rêves,
D'orge et de blé, de foin, oui da,
De trèfle, de pois et de raves
Seront à vous de ce jour-là.

O comme brillent tous nos champs,
Comme est plus pure l'eau d'ici,
Plus doux aussi souffle le vent
Du jour que l'on est affranchi.

Vaches, chevaux, oies et dindons,
Bien que l'on meurt avant le temps,
Ce jour-là préparez-le donc,
Tout être libre absolument.

Bêtes d'Angleterre et d'Irlande,
Animaux de tous les pays,
Prêtez l'oreille à l'espérance
Un âge d'or vous est promis.

D'avoir chanté un chant pareil suscita chez
les animaux l'émotion, la fièvre et la frénésie.
Sage l'Ancien n'avait pas entonné le dernier
couplet que tous s'étaient mis à l'unisson.
Même les plus bouchés des animaux avaient
attrapé l'air et jusqu'à des bribes de paroles.
Les plus délurés, tels que cochons et chiens,
apprirent le tout par cœur en quelques minutes. Et, après quelques répétitions improvisées,

la ferme entière retentit d'accents martiaux, qui étaient beuglements des vaches, aboiements des chiens, bêlements des moutons, hennissements des chevaux, couac-couac des canards. *Bêtes d'Angleterre, animaux de tous les pays :* c'est ce qu'ils chantaient en chœur à leurs différentes façons, et d'un tel enthousiasme qu'ils s'y reprirent cinq fois de suite et d'un bout à l'autre. Si rien n'était venu arrêter leur élan, ils se seraient exercés toute la nuit.

Malheureusement, Mr. Jones, réveillé par le tapage, sauta en bas du lit, persuadé qu'un renard avait fait irruption dans la cour. Il se saisit de la carabine, qu'il gardait toujours dans un coin de la chambre à coucher, et dans les ténèbres déchargea une solide volée de plomb. Celle-ci se longea dans le mur de la grange, de sorte que la réunion des animaux prit fin dans la confusion. Chacun regagna son habitat en grande hâte : les quatrepattes leurs lits de paille, les volatiles leurs perchoirs. L'instant d'après, toutes les créatures de la ferme sombraient dans le sommeil.

II

Trois nuits plus tard, Sage l'Ancien s'éteignait paisiblement dans son sommeil. Son corps fut enterré en bas du verger.

On était au début mars. Pendant les trois mois qui suivirent, ce fut une intense activité clandestine. Le discours de Sage l'Ancien avait éveillé chez les esprits les plus ouverts des perspectives d'une nouveauté bouleversante. Les animaux ne savaient pas quand aurait lieu le soulèvement annoncé par le prophète, et n'avaient pas lieu de croire que ce serait de leur vivant, mais ils voyaient bien leur devoir d'en jeter les bases. La double tâche d'instruire et d'organiser échut bien normalement aux cochons, qu'en général on regardait comme l'espèce la plus intelligente. Et, entre les cochons, les plus éminents étaient Boule de Neige et Napoléon, deux jeunes verrats que Mr. Jones élevait pour en tirer bon prix. Napoléon était un grand et imposant Berkshire, le seul de la ferme. Avare de paroles, il avait la réputation de savoir ce qu'il voulait. Boule de Neige, plus vif, d'esprit plus délié et plus inventif, passait pour avoir moins de caractère. Tous les autres cochons de la ferme étaient à l'engrais. Le plus connu d'entre eux, Brille-Babil, un goret bien en chair et de petite taille, forçait l'attention par sa voix perçante et son œil malin. On remarquait aussi ses joues rebondies et la grande vivacité de ses mouvements. Brille-Babil, enfin, était un causeur éblouissant qui, dans les débats épineux, sautillait sur place et battait l'air de la queue. Cet art exerçait son plein effet au cours de discussion. On s'accordait à dire que Brille-Babil pourrait bien vous faire prendre des vessies pour des lanternes.

A partir des enseignements de Sage l'Ancien, tous trois — Napoléon, Boule de Neige et Brille-Babil — avaient élaboré un système philosophique sans faille qu'ils appelaient l'Animalisme. Plusieurs nuits chaque semaine, une fois Mr. Jones endormi, ils tenaient des réunions secrètes dans la grange afin d'exposer aux autres les principes de l'Animalisme. Dans les débuts, ils se heurtèrent à une apathie et à une bêtise des plus crasses. Certains animaux invoquaient le devoir d'être fidèle à Mr. Jones, qu'ils disaient être leur maître, ou bien ils faisaient des remarques simplistes, disant, par exemple : « C'est Mr. Jones qui nous nourrit, sans lui nous dépéririons », ou bien : « Pourquoi s'en faire pour ce qui arrivera quand nous n'y serons plus ? », ou bien encore : « Si le soulèvement doit se produire de toute façon, qu'on s'en mêle ou pas c'est tout un » —, de sorte que les cochons avaient le plus grand mal à leur montrer que ces façons de voir étaient contraires à l'esprit de l'Animalisme. Les questions les plus stupides étaient encore celles de Lubie, la jument blanche. Elle commença par demander à Boule de Neige :

« Après le soulèvement, est-ce qu'il y aura toujours du sucre ?

— Non, lui répondit Boule de Neige, d'un ton sans réplique. Dans cette ferme, nous n'avons pas les moyens de fabriquer du sucre. De toute façon, le sucre est du superflu. Tu auras tout le foin et toute l'avoine que tu voudras.

— Et est-ce que j'aurai la permission de porter des rubans dans ma crinière ?

— Camarade, repartit Boule de Neige, ces rubans qui te tiennent tant à cœur sont l'emblème de ton esclavage. Tu ne peux pas te mettre en tête que la liberté a plus de prix que ces colifichets ? »

Lubie acquiesça sans paraître bien convaincue.

Les cochons eurent encore plus de mal à

réfuter les mensonges colportés par Moïse, le corbeau apprivoisé, qui était le chouchou de Mr. Jones. Moïse, un rapporteur, et même un véritable espion, avait la langue bien pendue. A l'en croire, il existait un pays mystérieux, dit Montagne de Sucrecandi, où tous les animaux vivaient après la mort. D'après Moïse, la Montagne de Sucrecandi se trouvait au ciel, un peu au-delà des nuages. C'était tous les jours dimanche, dans ce séjour. Le trèfle y poussait à longueur d'année, le sucre en morceaux abondait aux haies des champs. Les animaux haïssaient Moïse à cause de ses sornettes et parce qu'il n'avait pas à trimer comme eux, mais malgré tout certains se prirent à croire à l'existence de cette Montagne de Sucrecandi et les cochons eurent beaucoup de mal à les en dissuader.

Ceux-ci avaient pour plus fidèles disciples les deux chevaux de trait, Malabar et Douce. Tous deux éprouvaient grande difficulté à se faire une opinion par eux-mêmes, mais, une fois les cochons devenus leurs maîtres à penser, ils assimilèrent tout l'enseignement, et le transmirent aux autres animaux avec des arguments d'une honnête simplicité. Ils ne manquaient pas une seule des réunions clandestines de la grange, et là entraînaient les autres à chanter *Bêtes d'Angleterre.* Sur cet hymne les réunions prenaient toujours fin.

Or il advint que le soulèvement s'accomplit bien plus tôt et bien plus facilement que personne ne s'y attendait. Au long des années, Mr. Jones, quoique dur avec les animaux, s'était montré à la hauteur de sa tâche, mais depuis quelque temps il était entré dans une période funeste. Il avait perdu cœur à l'ouvrage après un procès où il avait laissé des plumes, et s'était mis à boire plus que de raison. Il passait des journées entières dans le fauteuil de la cuisine à lire le journal, un verre de bière à portée de la main dans lequel de temps à autre il trempait pour Moïse des miettes de pain d'oiseau. Ses ouvriers agricoles étaient des filous et des fainéants, les champs étaient envahis par les mauvaises herbes, les haies restaient à l'abandon, les toits des bâtiments menaçaient ruine, les animaux eux-mêmes n'avaient plus leur suffisance de nourriture.

Vint le mois de juin, et bientôt la fenaison. La veille de la Saint-Jean, qui tombait un samedi, Mr. Jones se rendit à Willingdon. Là, il se saoula si bien à la taverne du Lion-Rouge qu'il ne rentra chez lui que le lendemain dimanche, en fin de matinée. Ses ouvriers avaient trait les vaches de bonne heure, puis s'en étaient allés tirer les lapins, sans souci de donner aux animaux leur nourriture. A son retour, Mr. Jones s'affala sur le canapé et la salle à manger et s'endormit, un hebdomadaire à sensation sur le visage, et quand vint le soir les bêtes n'avaient toujours rien eu à manger. A la fin, elles ne purent y tenir plus longtemps. Alors l'une des vaches enfonça ses cornes dans la porte de la resserre et bientôt toutes les bêtes se mirent à fourrager dans les huches et les boîtes à ordures. A ce moment, Jones se réveilla. L'instant d'après, il se précipita dans la remise avec ses quatre ouvriers, chacun le fouet à la main. Et tout de suite une volée de coups s'abattit de tous côtés. C'était plus que n'en pouvaient souffrir des affamés. D'un commun accord et sans s'être concertés, les meurt-la-faim se jetèrent sur leurs bourreaux. Et voici les cinq hommes en butte aux ruades et coups de corne, changés en souffre-douleur. Une situation inextricable. Car de leur vie leurs maîtres n'avaient vu les animaux se conduire pareillement. Ceux qui avaient coutume de les maltraiter, de les rosser à qui mieux mieux, voilà qu'ils avaient peur. Devant le soulèvement, les hommes perdirent la tête, et bientôt, renonçant au combat, prirent leurs jambes à leur cou. En pleine déroute, ils filèrent par le chemin de terre qui mène à la route, les animaux triomphants à leurs trousses.

De la fenêtre de la chambre, Mrs. Jones, voyant ce qu'il en était, jeta précipitamment quelques affaires dans un sac et se faufila hors de la ferme, ni vu ni connu. Moïse bondit de son perchoir, battit des ailes et la suivit en croassant à plein gosier. Entre-temps, toujours pourchassant les cinq hommes, et les voyant fuir sur la route, les animaux avaient claqué derrière eux la clôture aux cinq barreaux. Ainsi, et presque avant qu'ils s'en soient rendu compte, le soulèvement s'était accompli : Jones expulsé, la Ferme du Manoir était à eux.

Quelques minutes durant, ils eurent peine à croire à leur bonne fortune. Leur première réaction fut de se lancer au galop tout autour de la propriété, comme pour s'assurer qu'aucun humain ne s'y cachait plus. Ensuite, le cortège repartit grand train vers les dépendances de la ferme pour effacer les derniers vestiges d'un régime haï. Les animaux enfoncèrent la porte de la sellerie qui se trouvait à l'extrémité des écuries, puis précipitèrent dans le puits mors, nasières et laisses, et ces couteaux meurtriers dont Jones et ses acolytes s'étaient servis pour châtrer cochons et agnelets. Rênes, licous, œillères, muselières humiliantes furent jetés au tas d'ordures qui brûlaient dans la cour. Ainsi des fouets, et, voyant les fouets flamber, les animaux, joyeusement, se prirent à gambader. Boule de Neige livra aussi aux flammes ces rubans dont on pare la crinière et la queue des chevaux les jours de marché.

« Les rubans, déclara-t-il, sont assimilés aux

26

habits. Et ceux-ci montrent la marque de l'homme. Tous les animaux doivent aller nus. »

Entendant ces paroles, Malabar s'en fut chercher le petit galurin de paille qu'il portait l'été pour se protéger des mouches, et le flanqua au feu, avec le reste.

Bientôt les animaux eurent détruit tout ce qui pouvait leur rappeler Mr. Jones. Alors Napoléon les ramena à la resserre, et il distribua à chacun double picotin de blé, plus deux biscuits par chien. Et ensuite les animaux chantèrent *Bêtes d'Angleterre,* du commencement à la fin, sept fois de suite. Après quoi, s'étant bien installés pour la nuit, ils dormirent comme jamais encore.

Mais ils se réveillèrent à l'aube, comme d'habitude. Et, se ressouvenant soudain de leur gloire nouvelle, c'est au galop que tous coururent aux pâturages. Puis ils filèrent vers le monticule d'où l'on a vue sur presque toute la ferme. Une fois au sommet, ils découvrirent leur domaine dans la claire lumière du matin. Oui, il était bien à eux désormais — tout ce qu'ils avaient sous les yeux leur appartenait. A cette pensée, ils exultaient, ils bondissaient et caracolaient, ils se roulaient dans la rosée et broutaient l'herbe douce de l'été. Et, à coups de sabot, ils arrachaient des mottes de terre, pour mieux renifler l'humus bien odorant. Puis ils firent l'inspection de la ferme, et, muets d'admiration, embrassèrent tout du regard : les labours, les foins, le verger, l'étang, le boqueteau. C'était comme si, de tout le domaine, ils n'avaient rien vu encore, et même alors ils pouvaient à peine croire que tout cela était leur propriété.

Alors ils regagnèrent en file indienne les bâtiments de la ferme, et devant le seuil de la maison firent halte en silence. Oh, certes, elle aussi leur appartenait, mais, intimidés, ils avaient peur d'y pénétrer. Un instant plus tard, cependant, Napoléon et Boule de Neige forcèrent la porte de l'épaule, et les animaux les suivirent, un par un, à pas précautionneux, par peur de déranger. Et maintenant ils vont de pièce en pièce sur la pointe des pieds, c'est à peine s'ils osent chuchoter, et ils sont pris de stupeur devant un luxe incroyable : lits matelassés de plume, miroirs, divan en crin de cheval, moquette de Bruxelles, estampe de la reine Victoria au-dessus de la cheminée.

Quand ils redescendirent l'escalier, Lubie n'était plus là. Revenant sur leurs pas, les autres s'aperçurent qu'elle était restée dans la grande chambre à coucher. Elle s'était emparée d'un morceau de ruban bleu sur la coiffeuse de Mr. Jones et s'admirait dans la glace en le tenant contre son épaule, et tout le temps avec des poses ridicules. Les autres la rabrouèrent vertement et se retirèrent. Ils décrochèrent des jambons qui pendaient dans la cuisine afin de les enterrer, et d'un bon coup de sabot de Malabar creva le baril de bière de l'office. Autrement, tout fut laissé indemne. Une motion fut même votée à l'unanimité, selon laquelle l'habitation serait transformée en musée. Les animaux tombèrent d'accord que jamais aucun d'eux ne s'y installerait.

Ils prirent le petit déjeuner, puis Boule de Neige et Napoléon les réunirent en séance plénière.

« Camarades, dit Boule de Neige, il est six heures et demie, et nous avons une longue journée devant nous. Nous allons faire les foins sans plus attendre, mais il y a une question dont nous avons à décider tout d'abord. »

Les cochons révélèrent qu'ils avaient appris à lire et à écrire, au cours des trois derniers mois, dans un vieil abécédaire des enfants Jones (ceux-ci l'avaient jeté sur un tas d'ordures, et c'est là que les cochons l'avaient récupéré). Ensuite, Napoléon demanda qu'on lui amène des pots de peinture blanche et noire, et il entraîna les animaux jusqu'à la clôture aux cinq barreaux. Là, Boule de Neige (car c'était lui le plus doué pour écrire) fixa un pinceau à sa patte et passa sur le barreau supérieur une couche de peinture qui recouvrit les mots : *Ferme du Manoir.* Puis à la place il calligraphia :

Ferme des Animaux. Car dorénavant tel serait le nom de l'exploitation agricole. Cette opération terminée, tout le monde regagna les dépendances. Napoléon et Boule de Neige firent alors venir une échelle qu'on dressa contre le mur de la grange. Ils expliquèrent qu'au terme de leurs trois mois d'études les cochons étaient parvenus à réduire les principes de l'Animalisme à Sept Commandements. Le moment était venu d'inscrire les Sept Commandements sur le mur. Ils constitueraient la loi imprescriptible de la vie de tous sur le territoire de la Ferme des Animaux. Non sans quelque mal (vu que, pour un cochon, se tenir en équilibre sur une échelle n'est pas commode), Boule de Neige escalada les barreaux et se mit au travail ; Brille-Babil, quelques degrés plus bas, lui tendait le pot de peinture. Et c'est de la sorte que furent promulgués les Sept Commandements, en gros caractères blancs, sur le mur goudronné. On pouvait les lire à trente mètres de là. Voici leur énoncé :

1. *Tout deuxpattes est un ennemi.*
2. *Tout quatrepattes ou tout volatile, un ami.*
3. *Nul animal ne portera de vêtements.*
4. *Nul animal ne dormira dans un lit.*
5. *Nul animal ne boira d'alcool.*
6. *Nul animal ne tuera un autre animal.*
7. *Tous les animaux sont égaux.*

C'était tout à fait bien calligraphié, si ce n'est que volatile était devenu vole-t-il, et aussi à un s près, formé à l'envers. Boule de Neige donna lecture des Sept Commandements, à l'usage des animaux qui n'avaient pas appris à lire. Et tous donnèrent leur assentiment d'un signe de tête, et les esprits les plus éveillés commencèrent aussitôt à apprendre les Sept Commandements par cœur.

« Et maintenant, camarades, aux foins ! s'écria Boule de Neige. Il y va de notre honneur d'engranger la récolte plus vite que ne le feraient Jones et ses acolytes. »

Mais à cet instant les trois vaches, qui avaient paru mal à l'aise depuis un certain temps, gémirent de façon lamentable. Il y avait vingt-quatre heures qu'elles n'avaient pas été traites, leurs pis étaient sur le point d'éclater. Après brève réflexion, les cochons firent venir des seaux et se mirent à la besogne. Ils s'en tirèrent assez bien, car les pieds des cochons convenaient à cette tâche. Bientôt furent remplis cinq seaux de lait crémeux et mousseux que maints animaux lorgnaient avec l'intérêt le plus vif. L'un d'eux dit :

« Qu'est-ce qu'on va faire avec tout ce lait ?
Et l'une des poules :
— Quelquefois, Jones en ajoutait à la pâtée.

31

Napoléon se planta devant les seaux et s'écria :

— Ne vous en faites pas pour le lait, camarades ! On va s'en occuper. La récolte, c'est ce qui compte. Boule de Neige va vous montrer le chemin. Moi, je serai sur place dans quelques minutes. En avant, camarades ! Le foin vous attend. »

Aussi les animaux gagnèrent les champs et ils commencèrent la fenaison, mais quand au soir ils s'en retournèrent ils s'aperçurent que le lait n'était plus là.

III

Comme ils trimèrent et prirent de la peine pour rentrer le foin ! Mais leurs efforts furent récompensés car la récolte fut plus abondante encore qu'ils ne l'auraient cru.

A certains moments la besogne était tout à fait pénible. Les instruments agraires avaient été inventés pour les hommes et non pour les animaux, et ceux-ci en subissaient les conséquences. Ainsi, aucun animal ne pouvait se servir du moindre outil qui l'obligeât à se tenir debout sur ses pattes de derrière. Néanmoins, les cochons étaient si malins qu'ils trouvèrent le moyen de tourner chaque difficulté. Quant aux chevaux, ils connaissaient chaque pouce du terrain, et s'y entendaient à faucher et à râteler mieux que Jones et ses gens leur vie durant. Les cochons, à vrai dire, ne travaillaient pas : ils distribuaient le travail et veillaient à sa bonne exécution. Avec leurs connaissances supérieures, il était naturel qu'ils prennent le commandement. Malabar et Douce s'attelaient tout seuls au râteau ou à la faucheuse (ni mors ni rênes n'étant plus nécessaires, bien entendu), et ils arpentaient le champ en long et en large, un cochon à leurs trousses. Celui-ci s'écriait : « Hue dia, camarade ! » ou « Holà, ho, camarade ! », suivant le cas. Et chaque animal jusqu'au plus modeste besognait à faner et ramasser le foin. Même les canards et les poules sans relâche allaient et venaient sous le soleil, portant dans leurs becs des filaments minuscules. Et ainsi la fenaison fut achevée deux jours plus tôt qu'aux temps de Jones. Qui plus est, ce fut la plus belle récolte de foin que la ferme ait jamais connue. Et nul gaspillage, car poules et canards, animaux à l'œil prompt, avaient glané jusqu'au plus petit brin. Et pas un animal n'avait dérobé ne fût-ce qu'une bouchée.

Tout l'été le travail progressa avec une régularité d'horloge. Les animaux étaient heureux d'un bonheur qui passait leurs espérances. Tout aliment leur était plus délectable d'être le fruit de leur effort. Car désormais c'était là leur propre manger, produit par eux et pour eux, et non plus l'aumône, accordée à contrecœur, d'un maître parcimonieux. Une fois délivrés de l'engeance humaine — des bons à rien, des parasites —, chacun d'eux reçut en partage une ration plus copieuse. Et, quoique encore peu expérimentés, ils eurent aussi des loisirs accrus. Oh, il leur fallut faire face à bien des difficultés. C'est ainsi que, plus tard dans l'année et le temps venu de la moisson, ils durent dépiquer le blé à la mode d'autrefois et, faute d'une batteuse à la ferme, chasser la glume en soufflant dessus. Mais l'esprit de ressource des cochons ainsi que la prodigieuse musculature de Malabar les tiraient toujours d'embarras. Malabar faisait l'admiration de tous. Déjà connu à l'époque de Jones pour son cœur à l'ouvrage, pour lors il besognait comme trois. Même, certains jours, tout le travail de la ferme semblait reposer sur sa puissante encolure. Du matin à la tombée de la nuit, il poussait, il tirait, et était toujours présent au plus dur du travail. Il avait passé accord avec l'un des jeunes coqs pour qu'on le réveille une demi-heure avant tous les autres, et, devançant l'horaire et le plan de la journée, de son propre chef il se portait volontaire aux tâches d'urgence. A tout problème et à tout revers, il opposait sa conviction : « Je vais travailler plus dur. » Ce fut là sa devise.

Toutefois, chacun œuvrait suivant ses capacités. Ainsi, les poules et les canards récupérèrent dix boisseaux de blé en recueillant les grains disséminés çà et là. Et personne qui chapardât, ou qui se plaignît des rations : les prises de bec, bisbilles, humeurs ombrageuses, jadis monnaie courante, n'étaient plus de mise. Personne ne tirait au flanc — enfin, presque personne. Lubie, avouons-le, n'était pas bien matineuse, et se montrait encline à quitter le travail de bonne heure, sous prétexte qu'un caillou lui agaçait le sabot. La conduite de la chatte était un peu singulière aussi. On ne tarda pas à s'apercevoir qu'elle était introuvable quand l'ouvrage requérait sa présence. Elle disparaissait des heures d'affilée pour reparaître aux repas, ou le soir après le travail fait, comme si de rien n'était. Mais elle se trouvait des excuses si excellentes, et ronronnait de façon si affectueuse, que ses bonnes intentions n'étaient pas mises en doute. Quant à Benjamin, le vieil âne, depuis la révolution il était demeuré le même. Il s'acquittait de sa besogne de la même manière lente et têtue, sans jamais renâcler, mais sans zèle inutile non plus. Sur le soulèvement même et ses conséquences, il se gardait de toute opinion. Quand on lui demandait s'il ne trouvait pas son sort meilleur depuis l'éviction de Jones, il s'en tenait à dire : « Les ânes ont la vie dure. Aucun de vous n'a jamais vu mourir un âne », et de cette réponse sibylline on devait se satisfaire.

Le dimanche, jour férié, on prenait le petit déjeuner une heure plus tard que d'habitude. Puis c'était une cérémonie renouvelée sans faute chaque semaine. D'abord on hissait les couleurs. Boule de Neige s'était procuré à la sellerie un vieux tapis de table de couleur verte, qui avait appartenu à Mrs. Jones, et sur lequel il avait peint en blanc une corne et un sabot. Ainsi donc, dans le jardin de la ferme, tous les dimanches matin le pavillon était hissé au mât. Le vert du drapeau, expliquait Boule de Neige, représente les verts pâturages d'Angleterre ; la corne et le sabot, la future République, laquelle serait proclamée au renversement définitif de la race humaine. Après le salut au drapeau, les animaux gagnaient ensemble la grange. Là se tenait une assemblée qui était l'assemblée générale, mais qu'on appelait l'Assemblée. On y établissait le plan de travail de la semaine et on y débattait et adoptait différentes résolutions. Celles-ci, les cochons les proposaient toujours. Car si les autres animaux savaient comment on vote, aucune proposition nouvelle ne leur venait à l'esprit. Ainsi, le plus clair des débats était l'affaire de Boule de Neige et Napoléon. Il est toutefois à remarquer qu'ils n'étaient jamais d'accord : quel que fut l'avis de l'un, on savait que l'autre y ferait pièce. Même une fois décidé — et personne ne pouvait s'élever contre la chose elle-même — d'aménager en maison de repos le petit enclos attenant au verger, un débat orageux s'ensuivit : quel est, pour chaque catégorie d'animaux, l'âge légitime de la retraite ? L'assemblée prenait toujours fin aux accents de *Bêtes d'Angleterre,* et l'après-midi était consacré aux loisirs.

Les cochons avaient fait de la sellerie leur quartier général. Là, le soir, ils étudiaient les arts et métiers : les techniques du maréchal-ferrant, ou celles du menuisier, par exemple — à l'aide de livres ramenés de la ferme. Boule de Neige se préoccupait aussi de répartir les animaux en Commissions, et sur ce terrain il était infatigable. Il constitua pour les poules la Commission des pontes, pour les vaches la Ligue des queues de vaches propres, pour les réfractaires la Commission de rééducation des camarades vivant en liberté dans la nature (avec pour but d'apprivoiser les rats et les lapins), et pour les moutons le Mouvement de la laine immaculée, et encore d'autres instruments de prophylaxie sociale — outre les classes de lecture et d'écriture.

Dans l'ensemble, ces projets connurent l'échec. C'est ainsi que la tentative d'apprivoiser les animaux sauvages avorta presque tout de suite. Car ils ne changèrent pas de conduite, et ils mirent à profit toute velléité généreuse à leur égard. La chatte fit de bonne heure partie de la Commission de rééducation, et pendant quelques jours y montra de la résolution. Même, une fois, on la vit assise sur le toit, parlementant avec des moineaux hors d'at-

teinte : tous les animaux sont désormais camarades. Aussi tout moineau pouvait se percher
sur elle, même sur ses griffes. Mais les moineaux gardaient leurs distances.

Les cours de lecture et d'écriture, toutefois,
eurent un vif succès. A l'automne, il n'y avait
plus d'illettrés, autant dire.

Les cochons, eux, savaient déjà lire et écrire
à la perfection. Les chiens apprirent à lire à
peu près couramment, mais ils ne s'intéres-
saient qu'aux Sept Commandements. Edmée,
la chèvre, s'en tirait mieux qu'eux. Le soir, il
lui arrivait de faire aux autres la lecture de
fragments de journaux découverts aux ordures.
Benjamin, l'âne, pouvait lire aussi bien que
n'importe quel cochon, mais jamais il n'exerçait ses dons. « Que je sache, disait-il, il n'y a
rien qui vaille la peine d'être lu. » Douce
apprit toutes ses lettres, mais la science des
mots lui échappait. Malabar n'allait pas au-
delà de la lettre D. De son grand sabot, il
traçait dans la poussière les lettres A B C D,
puis il les fixait des yeux, et, les oreilles
rabattues et de temps à autre repoussant la
mèche qui lui barrait le front, il faisait grand
effort pour se rappeler quelles lettres venaient
après, mais sans jamais y parvenir. Bel et bien,
à différentes reprises, il retint E F G H, mais du
moment qu'il savait ces lettres-là, il avait
oublié les précédentes. A la fin, il décida d'en

rester aux quatre premières lettres, et il les écrivait une ou deux fois dans la journée pour se rafraîchir la mémoire. Lubie refusa d'apprendre l'alphabet, hormis les cinq lettres de son nom. Elle les traçait fort adroitement, avec des brindilles, puis les agrémentait d'une fleur ou deux et, avec admiration, en faisait le tour.

Aucun des autres animaux de la ferme ne put aller au-delà de la lettre A. On s'aperçut aussi que les plus bornés, tels que moutons, poules et canards, étaient incapables d'apprendre par cœur les Sept Commandements. Après mûre réflexion, Boule de Neige signifia que les Sept Commandements pouvaient, après tout, se ramener à une maxime unique, à savoir : *Quatrepattes, oui ! Deuxpattes, non !* En cela, dit-il, réside le principe fondamental de l'Animalisme. Quiconque en aurait tout à fait saisi la signification serait à l'abri des influences humaines. Tout d'abord les oiseaux se rebiffèrent, se disant qu'eux aussi sont des deuxpattes, mais Boule de Neige leur prouva leur erreur, disant :

« Les ailes de l'oiseau, camarades, étant des organes de propulsion, non de manipulation, doivent être regardées comme des pattes. Ça va de soi. Et c'est la main qui fait la marque distinctive de l'homme : la main qui manipule, la main de malignité. »

Les oiseaux restèrent cois devant les mots

compliqués de Boule de Neige, mais ils approuvèrent sa conclusion, et tous les moindres animaux de la ferme se mirent à apprendre par cœur la nouvelle maxime : *Quatrepattes, oui ! Deuxpattes, non !,* que l'on inscrivit sur le mur du fond de la grange, au-dessus des Sept Commandements et en plus gros caractères. Une fois qu'ils la surent sans se tromper, les moutons s'en éprirent, et c'est souvent que, couchés dans les champs, ils bêlaient en chœur : *Quatrepattes, oui ! Deuxpattes, non !* Et ainsi des heures durant, sans se lasser jamais.

Napoléon ne portait aucun intérêt aux Commissions de Boule de Neige. Selon lui, l'éducation des jeunes était plus importante que tout ce qu'on pouvait faire pour les animaux déjà d'âge mûr. Or, sur ces entrefaites, les deux chiennes, Constance et Fleur, mirent bas, peu après la fenaison, donnant naissance à neuf chiots vigoureux. Dès après le sevrage, Napoléon enleva les chiots à leurs mères, disant qu'il pourvoirait personnellement à leur éducation. Il les remisa dans un grenier où l'on n'accédait que par une échelle de la sellerie, et les y séquestra si bien que bientôt tous les autres animaux oublièrent jusqu'à leur existence.

Le mystère de la disparition du lait fut bientôt élucidé. C'est que chaque jour le lait était mélangé à la pâtée des cochons. C'était le temps où les premières pommes commençaient à mûrir, et bientôt elles jonchaient l'herbe du verger. Les animaux s'attendaient au partage équitable qui leur semblait aller de soi. Un jour, néanmoins, ordre fut donné de ramasser les pommes pour les apporter à la sellerie, au bénéfice des porcs. On entendit bien murmurer certains animaux, mais ce fut en vain. Tous les cochons étaient, sur ce point, entièrement d'accord, y compris Napoléon et Boule de Neige. Et Brille-Babil fut chargé des explications nécessaires :

« Vous n'allez tout de même pas croire, camarades, que nous, les cochons, agissons par égoïsme, que nous nous attribuons des privilèges. En fait, beaucoup d'entre nous détestent le lait et les pommes. C'est mon propre cas. Si nous nous les approprions, c'est dans le souci de notre santé. Le lait et les pommes (ainsi, camarades, que la science le démontre) renferment des substances indispensables au régime alimentaire du cochon. Nous sommes, nous autres, des travailleurs intellectuels. La direction et l'organisation de cette ferme reposent entièrement sur nous. De jour et de nuit nous veillons à votre bien. Et c'est pour votre bien que nous buvons ce lait et mangeons ces pommes. Savez-vous ce qu'il adviendrait si nous, les cochons, devions faillir à notre devoir ? Jones reviendrait ! Oui, Jones ! Assurément, camarades — s'exclama Brille-Babil, sur un ton presque suppliant, et il se balançait de côté et d'autre, fouettant l'air de sa queue —, assurément il n'y en a pas un seul parmi vous qui désire le retour de Jones ? »

S'il était en effet quelque chose dont tous les animaux ne voulaient à aucun prix, c'était bien le retour de Jones. Quand on leur présentait les choses sous ce jour, ils n'avaient rien à redire. L'importance de maintenir les cochons en bonne forme s'imposait donc à l'évidence. Aussi fut-il admis sans plus de discussion que le lait et les pommes tombées dans l'herbe (ainsi que celles, la plus grande partie, à mûrir encore) seraient prérogative des cochons.

IV

A la fin de l'été, la nouvelle des événements avait gagné la moitié du pays. Chaque jour, Napoléon et Boule de Neige dépêchaient des volées de pigeons voyageurs avec pour mission de se mêler aux autres animaux des fermes voisines. Ils leur faisaient le récit du soulèvement, leur apprenaient l'air de *Bêtes d'Angleterre*.

Pendant la plus grande partie de ce temps, Mr. Jones se tenait à Willingdon, assis à la buvette du Lion-Rouge, se plaignant à qui voulait l'entendre de la monstrueuse injustice dont il avait été victime quand l'avaient exproprié une bande d'animaux, de vrais propres à rien. Les autres fermiers, compatissants en principe, lui furent tout d'abord de médiocre secours. Au fond d'eux-mêmes, ils se demandaient s'ils ne pourraient pas tirer profit de la mésaventure de Jones. Par chance, les propriétaires des deux fermes attenantes à la sienne

44

étaient en mauvais termes et toujours à se chamailler. L'une d'elles, Foxwood, était une vaste exploitation mal tenue et vieux jeu : pâturages chétifs, haies à l'abandon, halliers envahissants. Quant au propriétaire : un Mr. Pilkington, gentleman farmer qui donnait la plus grande partie de son temps à la chasse ou à la pêche, suivant la saison. L'autre ferme, Pinchfield, plus petite mais mieux entretenue, appartenait à un Mr. Frederick, homme décidé et retors, toujours en procès, et connu pour sa dureté en affaires. Les deux propriétaires se détestaient au point qu'il leur était malaisé de s'entendre, fût-ce dans leur intérêt commun.

Ils n'en étaient pas moins épouvantés l'un comme l'autre par le soulèvement des animaux, et très soucieux d'empêcher leurs propres animaux d'en apprendre trop à ce sujet. Tout d'abord, ils affectèrent de rire à l'idée de fermes gérées par les animaux eux-mêmes. Quelque chose d'aussi extravagant on en verra la fin en une quinzaine, disaient-ils. Ils firent courir le bruit qu'à la Ferme du Manoir (que pour rien au monde ils n'auraient appelée la Ferme des Animaux) les bêtes ne cessaient de s'entrebattre, et bientôt seraient acculées à la famine. Mais du temps passa : et les animaux, à l'évidence, ne mouraient pas de faim. Alors Frederick et Pilkington durent changer de refrain : cette exploitation n'était que scandales et atrocités. Les animaux se livraient au cannibalisme, se torturaient entre eux avec des fers à cheval chauffés à blanc, et ils avaient mis en commun les femelles. Voilà où cela mène, disaient Frederick et Pilkington, de se révolter contre les lois de la nature.

Malgré tout, on n'ajouta jamais vraiment foi à ces récits. Une rumeur gagnait même, vague, floue et captieuse, d'une ferme magnifique, dont les humains avaient été éjectés et où les animaux se gouvernaient eux-mêmes ; et, au fil des mois, une vague d'insubordination déferla dans les campagnes. Des taureaux jusque-là dociles étaient pris de fureur noire. Les moutons abattaient les haies pour mieux dévorer le trèfle. Les vaches ruaient, renversant les seaux. Les chevaux se dérobaient devant l'obstacle, culbutant les cavaliers. Mais surtout, l'air et jusqu'aux paroles de *Bêtes d'Angleterre* gagnaient partout du terrain. L'hymne révolutionnaire s'était répandu avec une rapidité stupéfiante. L'entendant, les humains ne dominaient plus leur fureur, tout en prétendant qu'ils le trouvaient ridicule sans plus. Il leur échappait, disaient-ils, que même des animaux puissent s'abaisser à d'aussi viles bêtises. Tout animal surpris à chanter *Bêtes d'Angleterre* se voyait sur-le-champ donner la bastonnade. Et pourtant l'hymne gagnait toujours du terrain, irrésistible : les merles le sifflaient dans les

46

haies, les pigeons le roucoulaient dans les ormes, il se mêlait au tapage du maréchal-ferrant comme à la mélodie des cloches. Et les humains à son écoute, en leur for intérieur, tremblaient comme à l'annonce d'une prophétie funeste.

Au début d'octobre, une fois le blé coupé, mis en meules et en partie battu, un vol de pigeons vint tourbillonner dans les airs, puis, dans la plus grande agitation, se posa dans la cour de la Ferme des Animaux. Jones et tous ses ouvriers, accompagnés d'une demi-douzaine d'hommes de main de Foxwood et de Pinchfield, avaient franchi la clôture aux cinq barreaux et gagnaient la maison par le chemin de terre. Tous étaient armés de gourdins, sauf Jones, qui allait en tête, fusil en main. Sans nul doute, ils entendaient reprendre possession des lieux.

A cela, on s'était attendu de longue date, et toutes précautions étaient prises. Boule de Neige avait étudié les campagnes de Jules César dans un vieux bouquin découvert dans le corps de logis, et il dirigeait les opérations défensives. Promptement, il donna ses ordres, et en peu de temps chacun fut à son poste.

Comme les humains vont atteindre les dépendances, Boule de Neige lance sa première attaque. Les pigeons, au nombre de trente-cinq, survolent le bataillon ennemi à modeste altitude, et lâchent leurs fientes sur le crâne des assaillants. L'ennemi, surpris, doit bientôt faire face aux oies à l'embuscade derrière la haie, qui débouchent et chargent. Du bec, elles s'en prennent aux mollets. Encore ne sont-ce là qu'escarmouches et menues diversions ; bientôt, d'ailleurs, les humains repoussent les oies à grands coups de gourdins. Mais alors Boule de Neige lance sa seconde attaque. En personne, il conduit ses troupes à l'assaut, soit Edmée, la chèvre blanche, et tous les moutons. Et tous se ruent sur les hommes, donnant du boutoir et de la corne, les harcelant de toutes parts. Cependant, un rôle particulier est dévolu à l'âne Benjamin , qui tourne sur lui-même et de ses petits sabots décoche ruade après ruade. Mais, une nouvelle fois, les hommes prennent le dessus, grâce à leurs gourdins et à leurs chaussures ferrées. A ce moment, Boule de Neige pousse un cri aigu, signal de la retraite, et tous les animaux de tourner casaque, de fuir par la grande porte et de gagner la cour. Les hommes poussent des clameurs de triomphe. Et, croyant l'ennemi en déroute, ils se précipitent çà et là à ses trousses.

C'est ce qu'avait escompté Boule de Neige. Dès que les hommes se furent bien avancés dans la cour, à ce moment surgissent de l'arrière les trois chevaux, les trois vaches et le gros des cochons, jusque-là demeurés en embuscade dans l'étable. Les humains, pris à revers, voient leur retraite coupée. Boule de Neige donne le signal de la charge, lui-même fonçant droit sur Jones. Celui-ci, prévenant l'attaque, lève son arme et tire. Les plombs se logent dans l'échine de Boule de Neige et l'ensanglantent, et un mouton est abattu, mort. Sans se relâcher, Boule de Neige se jette de tout son poids (cent vingt kilos) dans les jambes du propriétaire exproprié qui lâche son fusil et va bouler sur un tas de fumier. Mais le plus horrifiant, c'est encore Malabar cabré sur ses pattes de derrière et frappant du fer de ses lourds sabots avec une vigueur d'étalon. Le premier coup, arrivé sur le crâne, expédie un palefrenier de Foxwood dans la boue, inerte. Voyant cela, plusieurs hommes lâchent leur gourdin et tentent de fuir. C'est la panique chez l'ennemi. Tous les animaux le prennent en chasse, le traquent autour de la cour, l'assaillent du sabot et de la corne, culbutant, piétinant les hommes. Et pas un animal qui, à sa façon, ne tienne sa revanche, et même la chatte s'y met. Bondissant du toit tout à trac sur les épaules d'un vacher, elle lui enfonce les griffes dans le cou, ce qui lui arrache des hurlements. Mais, à un moment, sachant la voie libre, les hommes filent hors de la cour, puis s'enfuient sur la route, trop heureux d'en être quittes à bon compte. Ainsi, à cinq minutes de l'invasion, et par le chemin même qu'ils avaient pris, ils battaient en retraite, ignominieusement — un troupeau d'oies à leurs chausses leur mordant les jarrets et sifflant des huées.

Plus d'hommes sur les lieux, sauf un, le palefrenier, gisant la face contre terre. Revenu dans la cour, Malabar effleurait le corps à petits coups de sabot, s'efforçant de le retourner sur le dos. Le garçon ne bougeait plus.

« Il est mort, dit Malabar, tout triste. Ce n'était pas mon intention de le tuer. J'avais oublié les fers de mes sabots. Mais qui voudra croire que je ne l'ai pas fait exprès ?

— Pas de sentimentalité, camarade ! s'écria Boule de Neige dont les blessures saignaient toujours. La guerre, c'est la guerre. L'homme n'est à prendre en considération que changé en cadavre.

— Je ne veux assassiner personne, même pas un homme, répétait Malabar, en pleurs.

— Où est donc Edmée ? » s'écria quelqu'un.

De fait, Edmée était invisible. Les animaux étaient dans tous leurs états. Avait-elle été molestée plus ou moins grièvement, ou peut-être même les hommes l'avaient-ils emmenée prisonnière ? Mais à la fin on la retrouva dans son box. Elle s'y cachait, la tête enfouie dans le foin. Entendant une détonation, elle avait pris la fuite. Plus tard, quand les animaux revinrent dans la cour, ce fut pour s'apercevoir que le garçon d'écurie, ayant repris connaissance, avait décampé.

De nouveau rassemblés, les animaux étaient au comble de l'émotion, et à tue-tête chacun racontait ses prouesses au combat. A l'improviste et sur-le-champ, la victoire fut célébrée. On hissa les couleurs, on chanta *Bêtes d'Angleterre* plusieurs fois de suite, enfin le mouton qui avait donné sa vie à la cause fut l'objet de funérailles solennelles. Sur sa tombe on planta une aubépine. Au bord de la fosse, Boule de Neige prononça une brève allocution : les animaux, déclara-t-il, doivent se tenir prêts à mourir pour leur propre ferme.

A l'unanimité une décoration militaire fut créée, celle de Héros-Animal, Première Classe, et elle fut conférée séance tenante à Boule de Neige et à Malabar. Il s'agissait d'une médaille en cuivre (en fait, on l'avait trouvée dans la sellerie, car autrefois elle avait servi de parure au collier des chevaux), à porter les dimanches et jours fériés. Une autre décoration, celle de Héros-Animal, Deuxième Classe, fut, à titre posthume, décernée au mouton.

Longtemps on discuta du nom à donner au combat, pour enfin retenir celui de bataille de l'Étable, vu que de ce point l'attaque victorieuse avait débouché. On ramassa dans la boue le fusil de Mr. Jones. Or on savait qu'il y avait des cartouches à la ferme. Aussi fut-il décidé de dresser le fusil au pied du mât, tout comme une pièce d'artillerie, et deux fois l'an de tirer une salve : le 12 octobre en souvenir de la bataille de l'Étable, et à la Saint-Jean d'été, jour commémoratif du Soulèvement.

V

L'hiver durait, et, de plus en plus, Lubie
faisait des siennes. Chaque matin elle était en
retard au travail, donnant pour excuse qu'elle
ne s'était pas réveillée et se plaignant de
douleurs singulières, en dépit d'un appétit
robuste. Au moindre prétexte, elle quittait sa
tâche et filait à l'abreuvoir, pour s'y mirer
comme une sotte. Mais d'autres rumeurs plus
alarmantes circulaient sur son compte. Un
jour, comme elle s'avançait dans la cour, légère
et trottant menu, minaudant de la queue et
mâchonnant du foin, Douce la prit à part.

« Lubie, dit-elle, j'ai à te parler tout à fait
sérieusement. Ce matin, je t'ai vue regarder
par-dessus la haie qui sépare de Foxwood la
Ferme des Animaux. L'un des hommes de
Mr. Pilkington se tenait de l'autre côté. Et...
j'étais loin de là... j'en conviens... mais j'en suis
à peu près certaine... j'ai vu qu'il te causait et

te caressait le museau. Qu'est-ce que ça veut dire, ces façons, Lubie ? »

Lubie se prit à piaffer et à caracoler, et elle dit :

« Pas du tout ! Je lui causais pas ! Il m'a pas caressée ! C'est des mensonges !

— Lubie ! Regarde-moi bien en face. Donne-moi ta parole d'honneur qu'il ne te caressait pas le museau.

— Des mensonges ! », répéta Lubie, mais elle ne put soutenir le regard de Douce, et l'instant d'après fit volte-face et fila au galop dans les champs.

Soudain Douce eut une idée. Sans s'en ouvrir aux autres, elle se rendit au box de Lubie et à coups de sabots retourna la paille : sous la litière, elle avait dissimulé une petite provision de morceaux de sucre, ainsi qu'abondance de rubans de différentes couleurs.

Trois jours plus tard, Lubie avait disparu. Et trois semaines durant on ne sut rien de ses pérégrinations. Puis les pigeons rapportèrent l'avoir vue de l'autre côté de Willingdon, dans les brancards d'une charrette anglaise peinte en rouge et noir, à l'arrêt devant une taverne. Un gros homme au teint rubicond, portant guêtres et culotte de cheval, et ayant tout l'air d'un cabaretier, lui caressait le museau et lui donnait des sucres. Sa robe était tondue de frais et elle portait une mèche enrubannée d'écarlate. Elle avait l'air bien contente, à ce que dirent les pigeons. Par la suite, et à jamais, les animaux ignorèrent tout de ses faits et gestes.

En janvier, ce fut vraiment la mauvaise saison. Le froid vous glaçait les sangs, le sol était dur comme du fer, le travail aux champs hors de question. De nombreuses réunions se tenaient dans la grange, et les cochons étaient occupés à établir le plan de la saison prochaine. On en était venu à admettre que les cochons, étant manifestement les plus intelligents des animaux, décideraient à l'avenir de toutes questions touchant la politique de la ferme, sous réserve de ratification à la majorité des voix. Cette méthode aurait assez bien fait l'affaire sans les discussions entre Boule de Neige et Napoléon, mais tout sujet prêtant à contestation les opposait. L'un proposait-il un ensemencement d'orge sur une plus grande superficie : l'autre, immanquablement, plaidait pour l'avoine. Ou si l'un estimait tel champ juste ce qui convient aux choux : l'autre rétorquait betteraves. Chacun d'eux avait ses partisans, d'où la violence des débats. Lors des assemblées, Boule de Neige l'emportait souvent grâce à des discours brillants, mais entretemps Napoléon était le plus apte à rallier le soutien des uns et des autres. C'est auprès des moutons qu'il réussissait le mieux. Récemment, ceux-ci s'étaient pris à bêler avec grand intérêt le slogan révolutionnaire : *Quatrepattes, oui ! Deuxpattes, non !* à tout propos et hors de propos, et souvent ils interrompaient les débats de cette façon. On remarqua leur penchant à entonner leur refrain aux moments cruciaux des discours de Boule de Neige. Celui-ci avait étudié de près de vieux numéros d'un hebdomadaire consacré au fermage et à l'élevage, qu'il avait dénichés dans le corps du bâtiment principal, et il débordait de projets : innovations et perfectionnements. C'est en érudit qu'il parlait ensilage, drainage des champs, ou même scories mécaniques. Il avait élaboré un schéma compliqué : désormais les animaux déposeraient leurs fientes à même les champs — en un point différent chaque jour, afin d'épargner le transport. Napoléon ne soumit aucun projet, s'en tenant à dire que les plans de Boule de Neige tomberaient en quenouille. Il paraissait attendre son heure. Cependant, aucune de leurs controverses n'atteignit en âpreté celle du moulin à vent.

Dominant la ferme, un monticule se dressait dans un grand pâturage proche des dépendances. Après avoir reconnu les lieux, Boule de Neige affirma y voir l'emplacement idéal d'un moulin à vent. Celui-ci, grâce à une génératrice, alimenterait la ferme en électricité. Ainsi éclairerait-on écurie, étable et porcherie, et les chaufferait-on en hiver. Le moulin actionnerait encore un hache-paille, une machine à couper la betterave, une scie circulaire, et il permettrait la traite mécanique. Les animaux n'avaient jamais entendu parler de rien de pareil (car cette ferme vieillotte n'était pourvue que de l'outillage le plus primitif). Aussi écoutaient-ils avec stupeur Boule de Neige évoquant toutes ces machines mirifiques qui feraient l'ouvrage à leur place tandis qu'ils paîtraient à loisir ou se cultiveraient l'esprit par la lecture et la conversation.

En quelques semaines, Boule de Neige mit définitivement au point ses plans. La plupart des détails techniques étaient empruntés à trois livres ayant appartenu à Mr. Jones : un manuel du bricoleur, un autre du maçon, un cours d'électricité pour débutants. Il avait établi son cabinet de travail dans une couveuse artificielle aménagée en appentis. Le parquet lisse de l'endroit étant propice à qui veut dresser des plans, il s'enfermait là des heures durant : une pierre posée sur les livres pour les tenir ouverts, un morceau de craie fixé à la patte, allant et venant, traçant des lignes, et de temps à autre poussant de petits grognements enthousiastes. Les plans se compliquèrent au point de bientôt n'être qu'un amas de manivelles et pignons, couvrant plus de la moitié du parquet. Les autres animaux, absolument

57

dépassés, étaient transportés d'admiration. Une fois par jour au moins, tous venaient voir ce qu'il était en train de dessiner, et même les poules et canards, qui prenaient grand soin de contourner les lignes tracées à la craie. Seul Napoléon se tenait à l'écart. Dès qu'il en avait été question, il s'était déclaré hostile au moulin à vent. Un jour, néanmoins, il se présenta à l'improviste, pour examiner les plans. De sa démarche lourde, il arpenta la pièce, braquant un regard attentif sur chaque détail, et il renifla de dédain une fois ou deux. Un instant, il s'arrêta à lorgner le travail du coin de l'œil, et soudain il leva la patte et incontinent compissa le tout. Ensuite, il sortit sans dire mot.

Toute la ferme était profondément divisée sur la question du moulin à vent. Boule de Neige ne niait pas que la construction en serait malaisée. Il faudrait extraire la pierre de la carrière pour en bâtir les murs, puis fabriquer les ailes, ensuite il faudrait encore se procurer les dynamos et les câbles. (Comment? Il se taisait là-dessus.) Pourtant, il ne cessait d'affirmer que le tout serait achevé en un an. Dans la suite, il déclara que l'économie en main-d'œuvre permettrait aux animaux de ne plus travailler que trois jours par semaine. Napoléon, quant à lui, arguait que l'heure était à l'accroissement de la production alimentaire. Perdez votre temps, disait-il, à construire un moulin à vent, et tout le monde crèvera de faim. Les animaux se constituèrent en factions rivales, avec chacune son mot d'ordre, pour l'une : « Votez pour Boule de Neige et la semaine de trois jours ! », pour l'autre : « Votez pour Napoléon et la mangeoire pleine ! » Seul Benjamin ne s'enrôla sous aucune bannière. Il se refusait à croire à l'abondance de nourriture comme à l'extension des loisirs. Moulin à vent ou pas, disait-il, la vie continuera pareil — mal, par conséquent.

Outre les controverses sur le moulin à vent, se posait le problème de la défense de la ferme. On se rendait pleinement compte que les humains, bien qu'ils eussent été défaits à la bataille de l'Étable, pourraient bien revenir à l'assaut, avec plus de détermination cette fois, pour rétablir Mr. Jones à la tête du domaine. Ils y auraient été incités d'autant plus que la nouvelle de leur débâcle avait gagné les campagnes, rendant plus récalcitrants que jamais les animaux des fermes.

Comme à l'accoutumée, Boule de Neige et Napoléon s'opposaient. Suivant Napoléon, les animaux de la ferme devaient se procurer des armes et s'entraîner à s'en servir. Suivant Boule de Neige, ils devaient dépêcher vers les terres voisines un nombre de pigeons toujours accru afin de fomenter la révolte chez les animaux des autres exploitations. Le premier soutenait que, faute d'être à même de se défendre, les animaux de la ferme couraient au désastre : le second, que des soulèvements en chaîne auraient pour effet de détourner l'ennemi de toute tentative de reconquête. Les animaux écoutaient Napoléon, puis Boule de Neige, mais ils ne savaient pas à qui donner raison. De fait, ils étaient toujours de l'avis de qui parlait le dernier.

Le jour vint où les plans de Boule de Neige furent achevés. A l'assemblée tenue le dimanche suivant, la question fut mise aux voix : fallait-il ou non commencer la construction du moulin à vent ? Une fois les animaux réunis dans la grange, Boule de Neige se leva et, quoique interrompu de temps à autre par les bêlements des moutons, exposa les raisons qui plaidaient en faveur du moulin à vent. Puis Napoléon se leva à son tour. Le moulin à vent, déclara-t-il avec beaucoup de calme, est une insanité. Il déconseillait à tout le monde de voter le projet. Et, ayant tranché, il se rassit n'ayant pas parlé trente secondes, et semblant ne guère se soucier de l'effet produit. Sur quoi Boule de Neige bondit. Ayant fait taire les moutons qui s'étaient repris à bêler, il se lança dans un plaidoyer d'une grande passion en faveur du moulin à vent. Jusque-là, l'opinion flottait, partagée en deux. Mais bientôt les animaux furent transportés par l'éloquence de

Boule de Neige qui, en termes flamboyants, brossa un tableau du futur à la Ferme des Animaux. Plus de travail sordide, plus d'échines ployées sous le fardeau ! Et l'imagination aidant, Boule de Neige, loin désormais des hache-paille et des coupe-betteraves, loua hautement l'électricité. Celle-ci, proclamait-il, actionnera batteuse et charrues, herses et moissonneuses-lieuses. En outre, elle permettra d'installer dans les étables la lumière, le chauffage, l'eau courante chaude et froide. Quand il se rassit, nul doute ne subsistait sur l'issue du vote. A ce moment, toutefois, Napoléon se leva, jeta sur Boule de Neige un regard oblique et singulier, et poussa un gémissement dans l'aigu que personne ne lui avait encore entendu pousser.

Sur quoi ce sont dehors des aboiements affreux, et bientôt se ruent à l'intérieur de la grange neuf molosses portant des colliers incrustés de cuivre. Ils se jettent sur Boule de Neige, qui de justesse échappe à leurs crocs. L'instant d'après, il avait passé la porte, les chiens à ses trousses. Alors, trop abasourdis et épouvantés pour élever la voix, les animaux se pressèrent en cohue vers la sortie, pour voir la poursuite. Boule de Neige détalait par le grand pâturage qui mène à la route. Il courait comme seul un cochon peut courir, les chiens sur ses talons. Mais tout à coup voici qu'il glisse, et l'on croit que les chiens sont sur lui. Alors il se redresse, et file d'un train encore plus vif. Les chiens regagnent du terrain, et l'un d'eux, tous crocs dehors, est sur le point de lui mordre la queue quand, de justesse, il l'esquive. Puis, dans un élan suprême, Boule de Neige se faufile par un trou dans la haie, et on ne le revit plus.

En silence, terrifiés, les animaux regagnaient la grange. Bientôt les chiens revenaient, et toujours au pas accéléré. Tout d'abord, personne ne soupçonna d'où ces créatures pouvaient bien venir, mais on fut vite fixé : car c'étaient là les neuf chiots que Napoléon avait ravis à leurs mères et élevés en secret. Pas encore tout à fait adultes, déjà c'étaient des bêtes énormes, avec l'air féroce des loups. Ces molosses se tenaient aux côtés de Napoléon, et l'on remarqua qu'ils frétillaient de la queue à son intention, comme ils avaient l'habitude de faire avec Jones.

Napoléon, suivi de ses molosses, escaladait maintenant l'aire surélevée du plancher d'où Sage l'Ancien, naguère, avait prononcé son discours. Il annonça que dorénavant il ne se tiendrait plus d'assemblées du dimanche matin. Elles ne servaient à rien, déclara-t-il — pure perte de temps. A l'avenir, toutes questions relatives à la gestion de la ferme seraient tranchées par un comité de cochons, sous sa propre présidence. Le comité se réunirait en séances privées, après quoi les décisions seraient communiquées aux autres animaux. On continuerait de se rassembler le dimanche matin pour le salut au drapeau, chanter *Bêtes d'Angleterre* et recevoir les consignes de la semaine. Mais les débats publics étaient abolis.

Encore sous le choc de l'expulsion de Boule de Neige, entendant ces décisions les animaux furent consternés. Plusieurs d'entre eux auraient protesté si des raisons probantes leur étaient venues à l'esprit. Même Malabar était désemparé, à sa façon confuse. Les oreilles rabattues et sa mèche lui fouettant le visage, il essayait bien de rassembler ses pensées, mais rien ne lui venait. Toutefois, il se produisit des remous dans le clan même des cochons, chez ceux d'esprit délié. Au premier rang, quatre jeunes gorets piaillèrent leurs protestations, et, dressés sur leurs pattes de derrière, incontinent ils se donnèrent la parole. Soudain, menaçants et sinistres, les chiens assis autour de Napoléon se prirent à grogner, et les porcelets se turent et se rassirent. Puis ce fut le bêlement formidable du chœur des moutons : *Quatrepattes, oui ! Deux-pattes, non !* qui se prolongea presque un quart d'heure, ruinant toute chance de discussion.

Par la suite, Brille-Babil fut chargé d'expliquer aux animaux les dispositions nouvelles.

« Camarades, disait-il, je suis sûr que cha-

63

que animal apprécie à sa juste valeur le sacrifice consenti par le camarade Napoléon à qui va incomber une tâche supplémentaire. N'allez pas imaginer, camarades, que gouverner est une partie de plaisir! Au contraire, c'est une lourde, une écrasante responsabilité. De l'égalité de tous les animaux, nul n'est plus fermement convaincu que le camarade Napoléon. Il ne serait que trop heureux de s'en remettre à vous de toutes décisions. Mais il pourrait vous arriver de prendre des décisions erronées, et où cela mènerait-il alors? Supposons qu'après avoir écouté les billevesées du moulin à vent, vous ayez pris le parti de suivre Boule de Neige qui, nous le savons aujourd'hui, n'était pas plus qu'un criminel?

— Il s'est conduit en brave à la bataille de l'Étable, dit quelqu'un.

— La bravoure ne suffit pas, reprit Brille-Babil. La loyauté et l'obéissance passent avant. Et, pour la bataille de l'Étable, le temps viendra, je le crois, où l'on s'apercevra que le rôle de Boule de Neige a été très exagéré. De la discipline, camarades, une discipline de fer! Tel est aujourd'hui le mot d'ordre. Un seul faux pas, et nos ennemis nous prennent à la gorge. A coup sûr, camarades, vous ne désirez pas le retour de Jones? »

Une fois de plus, l'argument était sans réplique. Les animaux, certes, ne voulaient pas du retour de Jones. Si les débats du dimanche matin étaient susceptibles de le ramener, alors, qu'on y mette un terme. Malabar, qui maintenant pouvait méditer à loisir, exprima le sentiment général : « Si c'est le camarade Napoléon qui l'a dit, ce doit être vrai. » Et, de ce moment, en plus de sa devise propre : « Je vais travailler plus dur », il prit pour maxime : « Napoléon ne se trompe jamais. »

Le temps se radoucissait, on avait commencé les labours de printemps. L'appentis où Boule de Neige avait dressé ses plans du moulin avait été condamné. Quant aux plans mêmes, on se disait que le parquet n'en gardait pas trace. Et chaque dimanche matin, à dix heures, les animaux se réunissaient dans la grange pour recevoir les instructions hebdomadaires. On avait déterré du verger le crâne de Sage l'Ancien, désormais dépouillé de toute chair, afin de l'exposer sur une souche au pied du mât, à côté du fusil. Après le salut au drapeau, et avant d'entrer dans la grange, les animaux étaient requis de défiler devant le crâne, en signe de vénération. Une fois dans la grange, désormais ils ne s'asseyaient plus, comme dans le passé, tous ensemble. Napoléon prenait place sur le devant de l'estrade, en compagnie de Brille et de Minimus (un autre cochon, fort doué, lui, pour composer chansons et poèmes). Les neuf molosses se tenaient autour d'eux en demi-cercle, et le reste des cochons s'asseyaient derrière eux, les autres animaux leur faisant face. Napoléon donnait lecture des consignes de la semaine sur un ton bourru et militaire. On entonnait *Bêtes d'Angleterre*, une seule fois, et c'était la dispersion.

Le troisième dimanche après l'expulsion de Boule de Neige, les animaux furent bien étonnés d'entendre, de la bouche de Napoléon, qu'on allait construire le moulin, après tout. Napoléon ne donna aucune raison à l'appui de ce retournement, se contentant d'avertir les animaux qu'ils auraient à travailler très dur. Et peut-être serait-il même nécessaire de réduire les rations. En tout état de cause, le plan avait été minutieusement préparé dans les moindres détails. Un comité de cochons constitué à cet effet lui avait consacré les trois dernières semaines. Jointe à différentes autres améliorations, la construction du moulin devrait prendre deux ans.

Ce soir-là, Brille-Babil prit à part les autres animaux, leur expliquant que Napoléon n'avait jamais été vraiment hostile au moulin. Tout au contraire, il l'avait préconisé le tout premier. Et, pour les plans dessinés par Boule de Neige sur le plancher de l'ancienne couveuse, ils avaient été dérobés dans les papiers de Napoléon. Bel et bien, le moulin à vent était en propre l'œuvre de Napoléon. Pourquoi donc, s'enquit alors quelqu'un, Napoléon s'est-il élevé aussi violemment contre la construction de ce moulin ? A ce point, Brille-Babil prit son air le plus matois, disant combien c'était astucieux de Napoléon d'avoir *paru* hostile au moulin — un simple artifice pour se défaire de Boule de Neige, un individu pernicieux, d'influence funeste. Celui-ci évincé, le projet pourrait se matérialiser sans entrave puisqu'il ne s'en mêlerait plus. Cela, dit Brille-Babil, c'est ce qu'on appelle la tactique. A plusieurs reprises, sautillant et battant l'air de sa queue et se pâmant de rire, il déclara : « De la tactique, camarades, de la tactique ! » Ce mot laissait les animaux perplexes, mais ils acceptèrent les explications sans plus insister : tant Brille-Babil s'exprimait de façon persuasive, et tant grognaient d'un air menaçant les trois molosses qui se trouvaient être de sa compagnie.

VI

Toute l'année, les animaux trimèrent comme des esclaves, mais leur travail les rendait heureux. Ils ne rechignaient ni à la peine ni au sacrifice, sachant bien que, de tout le mal qu'ils se donnaient, eux-mêmes recueilleraient les fruits, ou à défaut leur descendance — et non une bande d'humains désœuvrés, tirant les marrons du feu.

Tout le printemps et pendant l'été, ce fut la semaine de soixante heures, et en août Napoléon fit savoir qu'ils auraient à travailler aussi les après-midi du dimanche. Ce surcroît d'effort leur était demandé à titre tout à fait volontaire, étant bien entendu que tout animal qui se récuserait aurait ses rations réduites de moitié. Même ainsi, certaines tâches durent être abandonnées. La moisson fut un peu moins belle que l'année précédente, et deux champs, qu'il eût fallu ensemencer de racines au début de l'été, furent laissés en jachère, faute d'avoir pu achever les labours en temps voulu. On pouvait s'attendre à un rude hiver.

Le moulin à vent présentait des difficultés inattendues. Il y avait bien une carrière sur le territoire de la ferme, ainsi qu'abondance de sable et de ciment dans une des remises : les matériaux étaient donc à pied d'œuvre. Mais les animaux butèrent tout d'abord sur le problème de la pierre à morceler en fragments utilisables : comment s'y prendre ? Pas autrement, semblait-il, qu'à l'aide de leviers et de pics. Voilà qui les dépassait, aucun d'eux ne pouvant se tenir longtemps debout sur ses pattes de derrière. Il s'écoula plusieurs semaines en efforts vains avant que quelqu'un ait l'idée juste : utiliser la loi de la pesanteur. D'énormes blocs, bien trop gros pour être employés tels quels, reposaient sur le lit de la carrière. Les animaux les entourèrent de cordes, puis tous ensemble, vaches, chevaux, moutons, et chacun de ceux qui pouvaient tenir une corde (et même les cochons prêtaient patte forte aux moments cruciaux) se prirent à hisser ces blocs de pierre, avec une lenteur désespérante, jusqu'au sommet de la carrière. De là, basculés par-dessus bord, ils se fracassaient en morceaux au contact du sol. Une fois ces pierres brisées, le transport en était relativement aisé. Les chevaux les charriaient par tombereaux, les moutons les traînaient, un mœllon à la fois ; Edmée la chèvre et Benjamin l'âne en étaient aussi : attelés à une vieille patache et payant de leur personne. Sur la fin de l'été on disposait d'assez de pierres pour que la construction commence. Les cochons supervisaient.

Lent et pénible cours de ces travaux. C'est souvent qu'il fallait tout un jour d'efforts harrassants pour tirer un seul bloc de pierre jusqu'au faîte de la carrière, et même parfois il ne se brisait pas au sol. Les animaux ne seraient pas parvenus à bout de leur tâche sans Malabar dont la force semblait égaler celle additionnée de tous les autres. Quand le bloc de pierre se mettait à glisser et que les animaux, emportés dans sa chute sur le flanc de la colline, hurlaient la mort, c'était lui toujours qui l'arrêtait à temps, arc-bouté de tout son corps. Et chacun était saisi d'admiration, le voyant ahaner, et pouce à pouce gagner du terrain — tout haletant, ses flancs immenses couverts de sueur, la pointe des sabots tenant dru au sol. Douce parfois lui disait de ne pas s'éreinter pareillement, mais lui ne voulait rien entendre. Ses deux mots d'ordre : « Je vais travailler plus dur » et « Napoléon ne se trompe jamais » lui semblaient une réponse suffisante à tous les problèmes. Il s'était arrangé avec le jeune coq pour que celui-ci le réveille trois quarts d'heure à l'avance au lieu d'une demi-heure. De plus, à ses moments perdus — mais il n'en avait plus guère — il se rendait à la carrière pour y ramasser une charretée de pierraille qu'il tirait tout seul jusqu'à l'emplacement du moulin.

Malgré la rigueur du travail, les animaux n'eurent pas à pâtir de tout l'été. S'ils n'étaient pas mieux nourris qu'au temps de Jones, en tout cas ils ne l'étaient pas moins. L'avantage de subvenir à leurs seuls besoins — indépendamment de ceux, extravagants, de cinq êtres humains — était si considérable que, pour le perdre, il eût fallu accumuler beaucoup d'échecs. De bien des manières, la méthode animale était la plus efficace, et elle économisait du travail. Le sarclage, par exemple, pouvait se faire avec une minutie impossible chez les humains. Et les animaux s'interdisait désormais de chaparder, il était superflu de séparer par des clôtures les pâturages des labours, de sorte qu'il n'y avait plus lieu d'entretenir haies et barrières. Malgré tout, comme l'été avançait, différentes choses commencèrent à faire défaut sans qu'on s'y fût attendu : huile de paraffine, clous, ficelle, biscuits pour les chiens, fers du maréchal-ferrant — tous produits qui ne pouvaient pas être fabriqués à la ferme. Plus tard, on aurait besoin encore de graines et d'engrais artificiels, sans compter différents outils et la machinerie

71

du moulin. Comment se procurer le nécessaire ? C'est ce dont personne n'avait la moindre idée.

Un dimanche matin que les animaux étaient
rassemblés pour recevoir leurs instructions,
Napoléon annonça qu'il avait arrêté une ligne
politique nouvelle. Dorénavant la Ferme des
Animaux entretiendrait des relations commer-
ciales avec les fermes du voisinage : non pas,
bien entendu, pour faire du négoce, mais
simplement pour se procurer certaines fourni-
tures d'urgente nécessité. Ce qu'exigeait la
construction du moulin devait, dit-il, primer
toute autre considération. Aussi était-il en
pourparlers pour vendre une meule de foin et
une partie de la récolte de blé. Plus tard, en cas
de besoin d'argent, il faudrait vendre des œufs
(on peut les écouler au marché de Willingdon).
Les poules, déclara Napoléon, devaient se
réjouir d'un sacrifice qui serait leur quote-part
à l'édification du moulin à vent.

Une fois encore les animaux éprouvèrent
une vague inquiétude. Ne jamais entrer en
rapport avec les humains, ne jamais faire de
commerce, ne jamais faire usage d'argent —
n'était-ce pas là certaines des résolutions prises
à l'assemblée triomphale qui avait suivi l'expulsion de Jones ? Tous les animaux se rappelaient les avoir adoptées : ou du moins ils
croyaient en avoir gardé le souvenir. Les

72

quatre jeunes gorets qui avaient protesté quand Napoléon avait supprimé les assemblées élevèrent timidement la voix, mais pour être promptement réduits au silence et comme foudroyés par les grognements des chiens. Puis, comme d'habitude, les moutons lancèrent l'antienne : *Quatrepattes, oui ! Deuxpattes, non !*, et la gêne passagère en fut dissipée. Finalement, Napoléon dressa la patte pour réclamer le silence et fit savoir que toutes dispositions étaient déjà prises. Il n'y aurait pas lieu pour les animaux d'entrer en relations avec les humains, ce qui manifestement serait on ne peut plus mal venu. De ce fardeau il se chargerait lui-même. Un certain Mr. Whymper, avoué à Willingdon, avait accepté de servir d'intermédiaire entre la Ferme des Animaux et le monde extérieur, et chaque lundi matin il viendrait prendre les directives. Napoléon termina son discours de façon coutumière, s'écriant : « Vive la Ferme des Animaux ! » Et, après avoir entonné *Bêtes d'Angleterre,* on rompit les rangs.

Ensuite, Brille-Babil fit le tour de la ferme afin d'apaiser les esprits. Il assura aux animaux que la résolution condamnant le commerce et l'usage de l'argent n'avait jamais été passée, ou même proposée. C'était là pure imagination, ou alors une légende née des mensonges de Boule de Neige. Et comme un léger doute subsistait dans quelques esprits, Brille-Babil, en personne astucieuse, leur demanda : « Êtes-vous tout à fait sûrs, camarades, que vous n'avez pas rêvé ? Pouvez-vous faire état d'un document, d'un texte consigné sur un registre ou l'autre ? » Et comme assurément n'existait aucun écrit consigné, les animaux furent convaincus de leur erreur.

Comme convenu, Mr. Whymper se rendait chaque lundi à la ferme. C'était un petit homme à l'air retors, et qui portait des favoris — un avoué dont l'étude ne traitait que de piètres affaires. Cependant, il était bien assez finaud pour avoir compris avant tout autre que la Ferme des Animaux aurait besoin d'un courtier, et les commissions ne seraient pas négligeables. Les animaux observaient ses allées et venues avec une sorte d'effroi, et ils l'évitaient autant que possible. Néanmoins, voir Napoléon, un quatrepattes, donner des ordres à ce deuxpattes, réveilla leur orgueil et les réconcilia en partie avec les dispositions nouvelles. Leurs relations avec la race humaine n'étaient plus tout à fait les mêmes que par le passé. Les humains ne haïssaient pas moins la Ferme des Animaux de la voir prendre un certain essor : à la vérité, ils la haïssaient plus que jamais. Chacun d'eux avait tenu pour article de foi que la ferme ferait faillite à plus ou moins brève échéance ; et quant au moulin à vent, il était voué à l'échec. Dans leurs tavernes, il se prouvaient les uns aux autres, schémas à l'appui, que fatalement il s'écroulerait, ou qu'à défaut il ne fonctionnerait jamais. Et pourtant, ils en étaient venus, à leur corps défendant, à un certain respect pour l'aptitude de ces animaux à gérer leurs propres affaires. Ainsi désignaient-ils maintenant la Ferme des Animaux sous son nom, sans plus feindre de croire qu'elle fût la Ferme du Manoir. Et de même avaient-ils renoncé à défendre la cause de Jones; celui-ci, ayant perdu tout espoir de rentrer dans ses biens, s'en était allé vivre ailleurs.

Sauf par le truchement de Whymper, il n'avait pas été établi de relations entre la Ferme des Animaux et le monde étranger, mais un bruit ciculait avec insistance : Napoléon aurait été sur le point de passer un marché avec soit Mr. Pilkington de Foxwood, soit Mr. Frederick de Pinchfield — mais en aucun cas, ainsi qu'on en fit la remarque, avec l'un et l'autre en même temps.

Vers ce temps-là, les cochons emménagèrent dans la maison d'habitation dont ils firent leurs quartiers. Une fois encore, les animaux crurent se ressouvenir qu'une résolution contre ces pratiques avait été votée, dans les premiers jours, mais une fois encore Brille-Babil parvint à les convaincre qu'il n'en était rien. Il est d'absolue nécessité, expliqua-t-il, que les cochons, têtes pensantes de la ferme, aient à leur disposition un lieu paisible où travailler. Il est également plus conforme à la dignité du chef (car depuis peu il lui était venu de conférer la dignité de chef à Napoléon) de vivre dans une maison que dans une porcherie. Certains animaux furent troublés d'apprendre, non seulement que les cochons prenaient leur repas à la cuisine et avaient fait du salon leur salle de jeux, mais aussi qu'ils dormaient dans des lits. Comme de coutume, Malabar en prit son parti — « Napoléon ne se trompe jamais » —, mais Douce, croyant se rappeler une interdiction expresse à ce sujet, se rendit au fond de la grange et tenta de déchiffrer les Sept Commandements inscrits là. N'étant à même que d'épeler les lettres une à une, elle s'en alla quérir Edmée.

« Edmée, dit-elle, lis-moi donc le Quatrième Commandement. N'y est-il pas question de ne jamais dormir dans un lit ? »

Edmée épelait malaisément les lettres. Enfin :

« Ça dit : *Aucun animal ne dormira dans un lit avec des draps.* »

Chose curieuse, Douce ne se rappelait pas qu'il eût été question de draps dans le Quatrième Commandement, mais puisque c'était inscrit sur le mur il fallait se rendre à l'évidence. Sur quoi, Brille-Babil vint à passer par là avec deux ou trois chiens, et il fut à même d'expliquer l'affaire sous son vrai jour :

« Vous avez donc entendu dire, camarades, que nous, les cochons, dormons maintenant dans les lits de la maison ? Et pourquoi pas ? Vous n'allez tout de même pas croire à l'existence d'un règlement qui proscrive les *lits* ? Un lit, ce n'est jamais qu'un lieu où dormir. Le tas de paille d'une écurie, qu'est-ce que c'est, à bien comprendre, sinon un lit ? L'interdiction porte sur les *draps,* lesquels sont d'invention humaine. Or nous avons enlevé les draps des lits et nous dormons entre des couvertures. Ce sont là des lits où l'on est très bien, mais pas outre mesure, je vous en donne mon billet, camarades, avec ce travail de tête qui désormais nous incombe. Vous ne voudriez pas nous ôter le sommeil réparateur, hein, camarades ? Vous ne voudriez pas que nous soyons exténués au point de ne plus faire face à la tâche ? Sans nul doute, aucun de vous ne désire le retour de Jones ? »

Les animaux le rassurèrent sur ce point, et ainsi fut clos le chapitre des lits. Et nulle contestation non plus lorsque, quelques jours plus tard, il fut annoncé qu'à l'avenir les cochons se lèveraient une heure plus tard que les autres.

L'automne venu au terme d'une saison de

travail éprouvante, les animaux étaient four-
bus mais contents. Après la vente d'une partie
du foin et du blé, les provisions pour l'hiver
n'étaient pas fort abondantes, mais le moulin
contrebalançait toute déconvenue. Il était
maintenant presque à demi bâti. Après la
moisson, un temps sec sous un ciel dégagé fit
que les animaux trimèrent plus dur que
jamais : car, se disaient-ils, il valait bien la
peine de charroyer tout le jour des quartiers de
pierre, si, ce faisant, on exhaussait d'un pied
les murs du moulin. Malabar allait même au
travail tout seul, certaines nuits, une heure ou
deux, sous le clair de lune de septembre. Et, à
leurs heures perdues, les animaux faisaient le
tour du moulin en construction, à n'en plus
finir, en admiration devant la force et l'aplomb
des murs, et s'admirant eux-mêmes d'avoir
dressé un ouvrage imposant tel que celui-là.
Seul le vieux Benjamin se refusait à l'enthousiasme, sans toutefois rien dire que de répéter
ses remarques sibyllines sur la longévité de son
espèce.

Ce fut novembre et les vents déchaînés du
sud-ouest. Il fallut arrêter les travaux, car avec
le temps humide on ne pouvait plus malaxer le
ciment. Une nuit enfin la tempête souffla si fort
que les bâtiments de la ferme vacillèrent sur
leurs assises, et plusieurs tuiles du toit de la
grange furent emportées. Les poules endormies

sursautèrent, caquetant d'effroi. Toutes dans un même rêve croyaient entendre la lointaine décharge d'un fusil. Au matin les animaux une fois dehors s'aperçurent que le mât avait été abattu, et un orme, au bas du verger, arraché au sol comme un simple radis. Ils en étaient là de leurs découvertes, qu'un cri désespéré leur échappa. C'est qu'ils avaient sous les yeux quelque chose d'insoutenable : le moulin en ruine.

D'un commun accord ils se ruèrent sur le lieu du désastre. Napoléon, dont ce n'était pas l'habitude de hâter le pas, courait devant. Et, oui, gisait là le fruit de tant de luttes : ces murs rasés jusqu'aux fondations, et ces pierres éparpillées que si péniblement ils avaient cassées et charriées ! Stupéfiés, les animaux jetaient un regard de deuil sur ces éboulis. En silence, Napoléon arpentait le terrain de long en large, reniflant de temps à autre, la queue crispée battant de droite et de gauche, ce qui chez lui était l'indice d'une grande activité de tête. Soudain il fit halte, et il fallait croire qu'il avait arrêter son parti :

« Camarades, dit-il, savez-vous qui est le fautif ? L'ennemi qui s'est présenté à la nuit et a renversé notre moulin à vent ? C'est Boule de Neige ! rugit Napoléon.

Oui, enchaîna-t-il, c'est Boule de Neige, par pure malignité, pour contrarier nos plans, et se venger de son ignominieuse expulsion. Lui, le traître ! A la faveur des ténèbres, il s'est faufilé jusqu'ici et a ruiné d'un coup un an bientôt de notre labeur.

Camarades, de ce moment, je décrète la condamnation à mort de Boule de Neige. Sera Héros-Animal de Deuxième classe et recevra un demi-boisseau de pommes quiconque le conduira sur les bancs de la justice. Un boisseau entier à qui le capturera vivant ! »

Que même Boule de Neige ait pu se rendre capable de pareille vilenie, voilà une découverte qui suscita chez les animaux une indignation extrême. Ce fut un tel tollé qu'incontinent chacun réfléchit aux moyens de se saisir de Boule de Neige si jamais il devait se représenter sur les lieux. Presque aussitôt on découvrit sur l'herbe, à petite distance de la butte, des empreintes de cochon. On ne pouvait les suivre que sur quelques mètres, mais elles avaient l'air de conduire à une brèche dans la haie. Napoléon, ayant reniflé de manière significative, déclara qu'il s'agissait bien de Boule de Neige. D'après lui, il avait dû venir de la ferme de Foxwood. Et, ayant fini de renifler :

« Plus d'atermoiements, camarades ! s'écria Napoléon. Le travail nous attend. Ce matin même nous allons nous remettre à bâtir le moulin, et nous ne dételerons pas de tout l'hiver, qu'il pleuve ou vente. Nous ferons savoir à cet abominable traître qu'on ne fait pas si facilement table rase de notre œuvre. Souvenez-vous-en, camarades : nos plans ne doivent être modifiés en rien. Ils seront terminés au jour dit. En avant, camarades ! Vive le moulin à vent ! Vive la Ferme des Animaux ! »

VII

Un rude hiver. Après les orages, la neige et
la neige fondue, puis ce fut le gel qui ne céda
que courant février. Vaille que vaille, les
animaux poursuivaient la reconstruction du
moulin, se rendant bien compte que le monde
étranger les observait, et que les humains
envieux se réjouiraient comme d'un triomphe,
si le moulin n'était pas achevé dans les délais.

Les mêmes humains affectaient, par pure
malveillance, de ne pas croire à la fourberie de
Boule de Neige : le moulin se serait effondré
tout seul, à les en croire, à cause de ses murs
fragiles. Les animaux savaient, eux, que tel
n'était pas le cas — encore qu'on eût décidé de
les rebâtir sur trois pieds d'épaisseur, au lieu
de dix-huit pouces, comme précédemment. Il
leur fallait maintenant amener à pied d'œuvre
une bien plus grande quantité de pierres.
Longtemps, la neige amoncelée sur la carrière
retarda les travaux. Puis ce fut un temps sec et

il gela, et les animaux se remirent à la tâche, mais elle leur était pénible et ils n'y apportaient plus qu'un moindre enthousiasme. Ils avaient froid tout le temps, la plupart du temps ils avaient faim aussi. Seuls Malabar et Douce gardaient cœur à l'ouvrage. Les animaux entendaient les exhortations excellentes de Brille-Babil sur les joies du service et la dignité du labeur, mais trouvaient plus de stimulant dans la puissance de Málabar comme dans sa devise inattaquable : « Je vais travailler plus dur. »

En janvier la nourriture vint à manquer. Le blé fut réduit à la portion congrue, et il fut annoncé que, par compensation, une ration supplémentaire de pommes de terre serait distribuée. Or on s'aperçut que la plus grande partie des pommes de terre avait gelé, n'ayant pas été assez bien protégées sous la paille. Elles étaient molles et décolorées, peu comestibles. Bel et bien, plusieurs jours d'affilée les animaux se nourrirent de betteraves fourragères et de paille. Ils semblaient menacés de mort lente.

Il était d'importance capitale de cacher ces faits au monde extérieur. Enhardis par l'effondrement du moulin, les humains accablaient la Ferme des Animaux sous de nouveaux mensonges. Une fois encore, les bêtes mouraient de faim et les maladies faisaient des ravages, elles se battaient entre elles, tuaient leurs petits, se comportaient en vrais cannibales. Si la situation alimentaire venait à être connue, les conséquences seraient funestes ; et c'est ce dont Napoléon se rendait clairement compte. Aussi décida-t-il de recourir à Mr. Whymper, pour que prévale le sentiment contraire. Les animaux n'avaient à peu près jamais l'occasion de rencontrer Mr. Whymper lors de ses visites hebdomadaires : désormais, certains d'entre eux, bien choisis — surtout des moutons —, eurent l'ordre de se récrier, comme par hasard, quand il était à portée d'oreille, sur leurs rations plus abondantes. De plus, Napoléon donna ordre de remplir de sable, presque à ras bord, les coffres à peu près vides de la resserre, qu'on recouvrit ensuite du restant de grains et de farine. Sur un prétexte plausible, on mena Mr. Whymper à la resserre et l'on fit en sorte qu'il jette au passage un coup d'œil sur les coffres. Il tomba dans le panneau, et rapporta partout qu'à la Ferme des Animaux il n'y avait pas de disette.

Pourtant, à fin janvier, il devint évident qu'il serait indispensable de s'approvisionner en grain quelque part. A cette époque, Napoléon se montrait rarement en public. Il passait son temps à la maison, où sur chaque porte veillaient des chiens à la mine féroce. Quand il quittait sa retraite, c'était dans le respect de l'étiquette et sous escorte. Car six molosses l'entouraient, et grognaient si quelqu'un l'approchait de trop près. Souvent il ne se montrait même pas le dimanche matin, mais faisait connaître ses instructions par l'un des autres cochons, Brille-Babil en général.

Un dimanche matin, Brille-Babil déclara que les poules, qui venaient de se remettre à pondre, devraient donner leurs œufs. Napoléon avait conclu, par l'intermédiaire de Whymper, un contrat portant sur quatre cents œufs par semaine. En contrepartie, on se procurerait la farine et le grain jusqu'à l'été et le retour à une vie moins pénible.

Entendant ce qu'il en était, les poules élevèrent des protestations scandalisées. Elles avaient été prévenues que ce sacrifice pourrait s'avérer nécessaire, mais n'avaient pas cru qu'on en viendrait là. Elles déclaraient qu'il s'agissait de leurs couvées de printemps, et que leur prendre leurs œufs était criminel. Pour la première fois depuis l'expulsion de Jones, il y eut une sorte de révolte. Sous la conduite de trois poulets noirs de Minorque, les poules tentèrent résolument de faire échec aux vœux de Napoléon. Leur mode de résistance consistait à se jucher sur les chevrons du comble, d'où les œufs pondus s'écrasaient au sol. La réaction de Napoléon fut immédiate et sans merci. Il ordonna qu'on supprime les rations des poules, et décréta que tout animal surpris à leur donner fût-ce un seul grain serait puni de mort. Les chiens veillèrent à l'exécution de ces ordres. Les poules tinrent bon cinq jours, puis elles capitulèrent et regagnèrent leurs pondoirs. Neuf d'entre elles, entre-temps, étaient mortes. On les enterra dans le verger, et il fut entendu qu'elles étaient mortes de coccidiose. Whymper n'eut pas vent de l'affaire, et les œufs furent livrés en temps voulu. La camionnette d'un épicier venait les enlever chaque semaine.

De tout ce temps on n'avait revu Boule de Neige. Mais on disait que sans doute il devait se cacher dans l'une ou l'autre des deux fermes voisines, soit Foxwood, soit Pinchfield. Napoléon était alors en termes un peu meilleurs avec les fermiers. Il faut dire que, depuis une dizaine d'années, il y avait dans la cour, sur l'emplacement d'une ancienne hêtraie, une pile de madriers. C'était du beau bois sec que Whymper avait conseillé à Napoléon de vendre. De leur côté, Mr. Pilkington et Mr. Frederick désiraient l'acquérir. Or Napoléon hésitait entre les deux sans jamais se décider. On remarqua que chaque fois qu'il penchait pour Mr. Frederick, Boule de Neige était soupçonné de se cacher à Foxwood, au lieu que si Napoléon inclinait pour Mr. Pilkington, alors Boule de Neige s'était réfugié à Pinchfield.

Et, soudain, au début du printemps, une nouvelle alarmante : Boule de Neige hantait la ferme à la nuit ! L'émoi des animaux fut tel qu'ils faillirent en perdre le sommeil. Selon la rumeur, Boule de Neige s'introduisait à la faveur des ténèbres pour commettre cent méfaits. C'est lui qui volait le blé, renversait les seaux à lait, cassait les œufs, piétinait les semis, écorçait les arbres fruitiers. On prit l'habitude de lui imputer tout forfait, tout contretemps. Si une fenêtre était brisée, un égout obstrué, la faute lui en était toujours attribuée, et quand on perdit la clef de la resserre, dans la ferme entière ce fut un même cri : Boule de Neige l'avait jetée dans le puits ! Et, chose bizarre, c'est ce que les animaux croyaient toujours après qu'on eut retrouvé la clef sous un sac de farine. Unanimes, les vaches affirmaient que Boule de Neige pénétrait dans l'étable par surprise pour les traire dans leur sommeil. Les rats, qui cet hiver-là avaient fait des leurs, passaient pour être de connivence avec lui.

Les activités de Boule de Neige doivent être soumises à une investigation implacable, décréta Napoléon. Escorté de ses chiens, il inspecta les bâtiments avec grande minutie, les autres animaux le suivant à distance de respect. Souvent il faisait halte pour flairer le sol, déclarant qu'il pouvait déceler à l'odeur les empreintes de Boule de Neige. Pas un coin de la grange et de l'étable, du poulailler et du potager, qu'il ne reniflât, à croire qu'il suivait le traître à la trace. Du groin il flairait la terre avec insistance, puis d'une voix terrible s'écriait : « Boule de Neige ! Il est venu ici ! Mon odorat me le dit ! » Au nom de Boule de Neige les chiens poussaient des aboiements à fendre le cœur et montraient les crocs.

Les animaux étaient pétrifiés d'effroi. C'était comme si Boule de Neige, présence impalpable, toujours à rôder, les menaçait de cent dangers. Un soir, Brille-Babil les fit venir tous. Le visage anxieux et tressaillant sur place, il leur dit qu'il avait des nouvelles graves à leur faire savoir.

« Camarades ! s'écria-t-il en sautillant nerveusement, Boule de Neige s'est vendu à Frederick, le propriétaire de Pinchfield, qui complote en ce moment de nous attaquer et d'usurper notre ferme. C'est Boule de Neige qui doit le guider le moment venu de l'offensive. Mais il y a pire encore. Nous avions cru la révolte de Boule de Neige causée par la vanité et l'ambition. Mais nous avions tort, camarades. Savez-vous quelle était sa raison véritable ? Du premier jour Boule de Neige était de mèche avec Jones ! Il n'a cessé d'être son agent secret. Nous en tenons la preuve de documents abandonnés par lui et que nous venons tout juste de découvrir. A mon sens, camarades, voilà qui explique bien des choses. N'avons-nous pas vu de nos yeux comment il tenta — sans succès heureusement — de nous entraîner dans la défaite et l'anéantissement, lors de la bataille de l'Étable ? »

Les animaux étaient stupéfiés. Pareille scélératesse comparée à la destruction du moulin, vraiment c'était le comble ! Il leur fallut plusieurs minutes pour s'y faire. Ils se rappelaient tous, ou du moins croyaient se rappeler, Boule de Neige chargeant à leur tête à la bataille de l'Étable, les ralliant sans cesse et leur redonnant cœur au ventre, alors même que les bombes de Jones lui écorchaient l'échine. Dès l'abord, ils voyaient mal comment il aurait pu être en même temps du côté de Jones. Même Malabar, qui ne posait guère de questions, demeurait perplexe. Il s'étendit sur le sol, replia sous lui ses jambes de devant, puis, s'étant concentré avec force, énonça ses pensées. Il dit :

« Je ne crois pas ça. A la bataille de l'Étable, Boule de Neige s'est conduit en brave. Et ça, je l'ai vu de mes propres yeux. Et juste après le combat, est-ce qu'on ne l'a pas nommé Héros-Animal, Première Classe ?

— C'est là que nous avons fait fausse route, camarade, reprit Brille-Babil. Car en réalité il essayait de nous conduire à notre perte. C'est ce que nous savons maintenant grâce à ces documents secrets.

— Il a été blessé, quand même, dit Malabar. Tous, nous l'avons vu qui courait en perdant son sang.

— Cela aussi faisait partie de la machination! s'écria Brille-Babil. Le coup de fusil de Jones n'a fait que l'érafler. Si vous saviez lire, je vous en donnerais la preuve écrite de sa main. Le complot prévoyait qu'au moment critique Boule de Neige donnerait le signal du sauve-qui-peut, abandonnant le terrain à l'ennemi. Et il a failli réussir. Bel et bien, camarades, il *aurait* réussi, n'eût été votre chef héroïque, le camarade Napoléon. Enfin, est-ce que vous l'auriez oublié? Au moment même où Jones et ses hommes pénétraient dans la cour, Boule de Neige tournait casaque, entraînant nombre d'animaux après lui. Et, au moment où se répandait la panique, alors même que tout semblait perdu, le camarade Napoléon s'élançait en avant au cri de " Mort à l'Humanité! ", mordant Jones au mollet. De *cela*, sûrement vous vous rappelez, camarades? » dit Brille-Babil en frétillant.

Entendant le récit de cette scène haute en couleurs, les animaux avaient l'impression de se rappeler. A tout le moins, ils se souvenaient qu'au moment critique Boule de Neige avait détalé. Mais Malabar, toujours un peu mal à l'aise, finit par dire :

« Je ne crois pas que Boule de Neige était un traître au commencement. Ce qu'il a fait depuis c'est une autre histoire. Mais je crois qu'à la bataille de l'Étable il a agi en vrai camarade. »

Brille-Babil, d'un ton ferme et pesant ses mots, dit alors :

« Notre chef, le camarade Napoléon, a déclaré catégoriquement — catégoriquement, camarades — que Boule de Neige était l'agent de Jones depuis le début. Oui, et même bien avant que nous ayons envisagé le soulèvement.

— Ah, c'est autre chose dans ce cas-là, concéda Malabar. Si c'est le camarade Napoléon qui le dit, ce doit être vrai.

— A la bonne heure, camarade ! » s'écria Brille-Babil, non sans avoir jeté toutefois de ses petits yeux pétillants un regard mauvais sur Malabar. Sur le point de s'en aller, il se retourna et ajouta d'un ton solennel : « J'en avertis chacun de vous, il va falloir ouvrir l'œil et le bon. Car nous avons des raisons de penser que certains agents secrets de Boule de Neige se cachent parmi nous à l'heure actuelle ! »

Quatre jours plus tard en fin d'après-midi, Napoléon donna ordre à tous les animaux de se rassembler dans la cour. Quand ils furent tous réunis, il sortit de la maison de la ferme, portant deux décorations (car récemment il s'était attribué les médailles de Héros-Animal, Première Classe et Deuxième Classe). Il était entouré de ses neufs molosses qui grondaient : les animaux en avaient froid dans le dos, et chacun se tenait tapi en silence, comme en attente de quelque événement terrible.

Napoléon jeta sur l'assistance un regard dur, puis émit un cri suraigu. Immédiatement les chiens bondirent en avant, saisissant quatre cochons par l'oreille et les traînant, glapissants et terrorisés, aux pieds de Napoléon. Les oreilles des cochons saignaient. Et, quelques instants, les molosses, ivres de sang, parurent saisis d'une rage démente. A la stupeur de tous, trois d'entre eux se jetèrent sur Malabar. Prévenant leur attaque, le cheval frappa l'un d'eux en plein bon et de son sabot le cloua au sol. Le chien hurlait miséricorde. Cependant ses deux congénères, la queue entre les jambes, avaient filé bon train. Malabar interrogeait Napoléon des yeux. Devait-il en finir avec le chien ou lui laisser la vie sauve ? Napoléon parut prendre une expression autre, et d'un ton bref il lui commanda de laisser aller le chien, sur quoi Malabar leva son sabot. Le chien détala, meurtri et hurlant de douleur.

Aussitôt le tumulte s'apaisa. Les quatre cochons restaient sidérés et tremblants, et on lisait sur leurs traits le sentiment d'une faute.

Napoléon les invita à confesser leurs crimes. C'étaient là les cochons qui avaient protesté quand Napoléon avait aboli l'assemblée du dimanche. Sans autre forme de procès, ils avouèrent. Oui, ils avaient entretenu des relations secrètes avec Boule de Neige depuis son expulsion. Oui, ils avaient collaboré avec lui à l'effondrement du moulin à vent. Et, oui, ils avaient été de connivence pour livrer la Ferme des Animaux à Mr. Frederick. Ils firent encore état de confidences du traître : depuis des années, il était bien l'agent secret de Jones. Leur confession achevée, les chiens, sur-le-champ, les égorgèrent. Alors, d'une voix terrifiante, Napoléon demanda si nul autre animal n'avait à faire des aveux.

Les trois poulets qui avaient mené la sédition dans l'affaire des œufs s'avancèrent, disant que Boule de Neige leur était apparu en rêve. Il les avait incités à désobéir aux ordres de Napoléon. Eux aussi furent massacrés. Puis une oie se présenta : elle avait dérobé six épis de blé à la moisson de l'année précédente et les avait mangés de nuit. Un mouton avait, lui, uriné dans l'abreuvoir — sur les instances de Boule de Neige —, et deux autres moutons avouèrent le meurtre d'un vieux bélier, particulièrement dévoué à Napoléon : alors qu'il avait un rhume de cerveau, ils l'avaient pris en chasse autour d'un feu de bois. Tous furent mis à mort sur-le-champ. Et de cette façon aveux et exécutions se poursuivirent : à la fin ce fut, aux pieds de Napoléon, un amoncellement de cadavres, et l'air était lourd d'une odeur de sang inconnue depuis le bannissement de Jones.

Quand on en eut fini, le reste des animaux, cochons et chiens exceptés, s'éloigna en foule furtive. Ils frissonnaient d'horreur, et n'auraient pas pu dire ce qui les bouleversait le plus : la trahison de ceux ayant partie liée avec Boule de Neige, ou la cruauté du châtiment. Dans les anciens jours, de pareilles scènes de carnage avaient bien eu lieu, mais il leur paraissait à tous que c'était pire maintenant qu'elles se produisaient entre eux. Depuis que Jones n'était plus dans les lieux, pas un animal qui en eût tué un autre, fût-ce un simple rat. Ayant gagné le monticule où, à demi achevé, s'élevait le moulin, d'un commun accord les animaux se couchèrent, blottis côte à côte, pour se faire chaud. Il y avait là Douce, Edmée et Benjamin, les vaches et les moutons, et tout un troupeau mêlé d'oies et de poules : tout le monde, somme toute, excepté la chatte qui s'était éclipsée avant même l'ordre de rassemblement. Seul Malabar était demeuré debout, ne tenant pas en place, en se battant les flancs de sa longue queue noire, en poussant de temps à autre un hennissement étonné. A la fin, il dit :

« Ça me dépasse. Je n'aurais jamais cru à des choses pareilles dans notre ferme. Il doit y avoir de notre faute. La seule solution, à mon avis, c'est de travailler plus dur. A partir d'aujourd'hui, je vais me lever encore une heure plus tôt que d'habitude. »

Et de son trot pesant il fila vers la carrière. Une fois là, il ramassa coup sur coup deux charretées de pierres qu'avant de se retirer pour la nuit il traîna jusqu'au moulin.

Les animaux se blottissaient autour de Douce, et ils se taisaient. Du mamelon où ils se tenaient couchés, s'ouvrait une ample vue sur la campagne. La plus grande partie de la Ferme des Animaux était sous leurs yeux — le pâturage tout en longueur jusqu'à la route, le champ de foin, le boqueteau, l'abreuvoir, les labours où le blé vert poussait dru, et les toits rouges des dépendances d'où des filaments de fumée tourbillonnaient. La transparence d'un soir de printemps. L'herbe et les haies chargées de bourgeons se doraient aux rayons obliques du soleil. Jamais la ferme — et ils éprouvaient une sorte d'étonnement à se rappeler qu'elle était à eux, que chaque pouce leur appartenait — ne leur avait paru si enviable. Suivant du regard le versant du coteau, les yeux de Douce s'embuaient de larmes. Eut-elle été à même d'exprimer ses pensées, alors elle aurait dit : mais ce n'est pas là ce que nous avions

95

entrevu quand, des années plus tôt, nous avions en tête de renverser l'espèce humaine. Ces scènes d'épouvante et ces massacres, ce n'était pas ce que nous avions appelé de nos vœux la nuit où Sage l'Ancien avait exalté en nous l'idée du soulèvement. Elle-même se fût-elle fait une image du futur, ç'aurait été celle d'une société d'animaux libérés de la faim et du fouet : ils auraient été tous égaux, chacun aurait travaillé suivant ses capacités, le fort protégeant le faible, comme elle avait protégé de sa patte la couvée de canetons, cette nuit-là où Sage l'Ancien avait prononcé son discours. Au lieu de quoi — elle n'aurait su dire comment c'était arrivé — des temps sont venus où personne n'ose parler franc, où partout grognent des chiens féroces, où l'on assiste à des exécutions de camarades dévorés à pleines dents après avoir avoué des crimes affreux. Il ne lui venait pas la moindre idée de révolte ou de désobéissance. Même alors elle savait les animaux bien mieux pourvus que du temps de Jones, et aussi qu'avant tout il fallait prévenir le retour des humains. Quoi qu'il arrive, elle serait fidèle, travaillerait ferme, exécuterait les ordres, accepterait la mainmise de Napoléon. Quand même, ce n'était pas pour en arriver là qu'elle et tous les autres avaient espéré et pris de la peine. Pas pour cela qu'ils avaient bâti le moulin et bravé les balles de Jones ! Telles étaient ses pensées, même si les mots ne lui venaient pas.

A la fin, elle se mit à changer *Bêtes d'Angleterre,* se disant qu'elle exprimerait ainsi ce que ses propres paroles n'auraient pas su dire. Alors les autres animaux assis autour d'elle reprirent en chœur le chant révolutionnaire, trois fois de suite — mélodieusement, mais avec une lenteur funèbre, comme ils n'avaient jamais fait encore.

A peine avaient-ils fini de chanter pour la troisième fois que Brille-Babil, escorté de deux molosses, s'approcha, de l'air de qui a des choses importantes à faire savoir. Il annonça que désormais, en vertu d'un décret spécial du camarade Napoléon, chanter *Bêtes d'Angleterre* était interdit.

Les animaux en furent tout décontenancés.

« Pourquoi ? s'exclama Edmée.

— Il n'y a plus lieu, camarade, dit Brille-Babil d'un ton cassant. *Bêtes d'Angleterre,* c'était le chant du Soulèvement. Mais le Soulèvement a réussi. L'exécution des traîtres, cet après-midi, l'a mené à son terme. Au-dehors comme au-dedans l'ennemi est vaincu. Dans *Bêtes d'Angleterre* étaient exprimées nos aspirations à la société meilleure des temps à venir. Or cette société est maintenant instaurée. Il est clair que ce chant n'a plus aucune raison d'être. »

Tout effrayés qu'ils fussent, certains animaux auraient peut-être bien protesté, si à cet instant les moutons n'avaient entonné leurs bêlements habituels : *Quatrepattes, oui! Deuxpattes, non!* Et ils bêlèrent plusieurs minutes durant, et mirent fin à la discussion.

Aussi n'entendit-on plus *Bêtes d'Angleterre*. A la place, Minimus, le poète, composa de nouveaux couplets dont voici le commencement :

*Ferme des Animaux, Ferme des Animaux
Jamais de mon fait ne te viendront des maux!*

et c'est là ce qu'on chante chaque dimanche matin après le salut au drapeau. Mais les animaux trouvaient que ces paroles et cette musique ne valaient pas *Bêtes d'Angleterre*.

VIII

Quelques jours plus tard, quand se fut
apaisée la terreur causée par les exécutions,
certains animaux se rappelèrent — ou du
moins crurent se rappeler — ce qu'enjoignait le
Sixième Commandement : *Nul animal ne tuera
un autre animal*. Et bien que chacun se gardât
d'en rien dire à portée d'oreille des cochons ou
des chiens, on trouvait que les exécutions
s'accordaient mal avec cet énoncé. Douce
demanda à Benjamin de lui lire le Sixième
Commandement, et quand Benjamin, comme
d'habitude, s'y fût refusé, disant qu'il ne se
mêlait pas de ces affaires-là, elle se retourna
vers Edmée. Edmée le lui lut. Ça disait : *Nul
animal ne tuera un autre animal sans raison valable*.
Ces trois derniers mots, les animaux, pour une
raison ou l'autre, ne se les rappelaient pas,
mais ils virent bien que le Sixième Commandement n'avait pas été violé. Il y avait clairement

99

de bonnes raisons de tuer les traîtres qui s'étaient ligués avec Boule de Neige.

Tout le long de cette année-là, ils travaillèrent encore plus dur que l'année précédente. Achever le moulin en temps voulu avec des murs deux fois plus épais qu'auparavant, tout en menant de pair les travaux coutumiers, c'était un labeur écrasant. Certains jours, les animaux avaient l'impression de trimer plus longtemps qu'à l'époque de Jones, sans en être mieux nourris. Le dimanche matin, Brille-Babil, tenant un long ruban de papier dans sa petite patte, leur lisait des colonnes de chiffres. Il en résultait une augmentation marquée dans chaque catégorie de production : deux cents, trois cents ou cinq cents pour cent suivant le cas. Les animaux ne voyaient pas de raison de ne pas prêter foi à ces statistiques — d'autant moins de raison qu'ils ne se rappelaient plus bien ce qu'il en avait été avant le soulèvement. Malgré tout, il y avait des moments où moins de chiffres et plus à manger leur serait mieux allé.

Tous les ordres leur étaient maintenant transmis par Brille-Babil ou l'un des autres cochons. C'est tout juste si chaque quinzaine Napoléon se montrait en public, mais alors le cérémonial était renforcé. A ses chiens s'ajoutait un jeune coq noir et fiérot, qui précédait le chef, faisait office de trompette, et, avant qu'il ne prît la parole, poussait un cocorico ardent. On disait que Napoléon avait un statut propre jusque dans la maison où il avait ses appartements privés. Servi par deux chiens, il prenait ses repas seul dans le service de porcelaine de Derby frappé d'une couronne, autrefois exposé dans l'argentier du salon. Enfin il fut entendu qu'une salve de carabine serait tirée pour commémorer sa naissance — tout de même que les deux autres jours anniversaires.

Napoléon n'était plus jamais désigné par un seul patronyme. Toujours on se référait à lui en langage de protocole : « Notre chef, le camarade Napoléon ». De plus, les cochons se plaisaient à lui attribuer des titres tels que Père de tous les Animaux, Terreur du Genre Humain, Protecteur de la Bergerie, Ami des Canetons, ainsi de suite. Dans ses discours, Brille-Babil exaltait la sagesse de Napoléon et sa bonté de cœur, son indicible amour des animaux de tous les pays, même et en particulier celui qu'il portait aux infortunés des autres fermes, encore dans l'ignorance et l'esclavage. C'était devenu l'habitude de rendre honneur à Napoléon de tout accomplissement heureux et hasard propice. Aussi entendait-on fréquemment une poule déclarer à une autre commère poule : « Sous la conduite éclairée du camarade Napoléon, notre chef, en six jours j'ai pondu cinq œufs. » Ou encore c'étaient deux vaches à l'abreuvoir, s'exclamant : « Grâces soient rendues aux lumières du camarade Napoléon, car cette eau a un goût excellent ! » Le sentiment général fut bien exprimé dans un poème de Minimus, dit *Camarade Napoléon* :

> Tuteur de l'orphelin
> Fontaine de bonheur
> Calme esprit souverain
> Seigneur de la pâtée le feu de ton regard
> Se penche créateur
> Soleil dans notre ciel, source de réflexion
> O Camarade Napoléon !
>
> O grand dispensateur
> De tout ce que l'on aime
> O divin créateur
> Pourvoyeur du petit et maître en tous arts
> Oui chaque bête même
> Chaque bête te doit foin sec et ventre bon
> O Camarade Napoléon !
>
> Même un petit cochon
> Pas plus qu'enfantelet
> Dans sa contemplation
> Il lui faudra savoir que sous ton étendard
> Chaque bête se tait
> Et que son premier cri dira ton horizon
> O Camarade Napoléon !

Napoléon donna son approbation au poème qu'il fit inscrire sur le mur de la grange, en face des Sept Commandements. En frontispice son effigie de profil fut peinte par Brille-Babil à la peinture blanche.

Entre-temps, Napoléon était, par le truchement de Whymper, entré en négociations compliquées avec Frederick et Pilkington. Le bois de charpente n'était toujours pas vendu. Frederick, le plus désireux de s'en rendre acquéreur, n'offrait pas un prix raisonnable. Simultanément la rumeur se répandit de nouveau d'une offensive de Frederick et de ses hommes contre la Ferme des Animaux. Il jetterait bas le moulin dont l'édification avait soulevé chez lui une jalousie effrénée. On savait que Boule de Neige rôdait toujours à la ferme de Pinchfield. Au cœur de l'été, les animaux en grand émoi apprirent que trois poules avaient spontanément avoué leur participation à un complot de Boule de Neige en vue d'assassiner Napoléon. Elles furent exécutées sans délai et de nouvelles précautions furent prises pour la sécurité du chef. La nuit quatre chiens montèrent la garde autour de son lit, un à chaque coin, et à un petit goret du nom de Œil Rose fut confiée la charge de goûter sa nourriture, de peur d'un empoisonnement.

Vers ce temps-là, il fut annoncé que Napoléon avait pris la décision de vendre le bois à

Mr. Pilkington. Il était aussi sur le point de passer accord avec la ferme de Foxwood en vue d'échanges réguliers. Les relations entre Napoléon et Pilkington, quoique uniquement menées par Whymper, en étaient devenues presque cordiales. Les animaux se méfiaient de Pilkington, en tant qu'humain, mais le préféraient franchement à Frederick, qu'à la fois ils redoutaient et haïssaient. L'été s'avançant et la construction du moulin touchant à sa fin, les bruits se firent de plus en plus insistants d'une attaque perfide, déclenchée d'un moment à l'autre. Frederick, disait-on, se proposait de lancer contre la Ferme des Animaux une vingtaine d'individus armés de fusils. Déjà il avait soudoyé les hommes de loi et la police, de façon qu'une fois en possession des titres de propriété ceux-ci ne soient plus remis en cause. Qui plus est, des histoires épouvantables circulaient sur le traitement cruel infligé à des animaux par ce Frederick : il avait fouetté un vieux cheval jusqu'à ce que mort s'ensuive, laissait ses vaches mourir de faim, avait jeté un de ses chiens dans la chaudière, se divertissait le soir à des combats de coqs (les combattants avaient des éclats de lames de rasoir fixés aux ergots). Au récit d'atrocités pareilles, le sang des animaux ne faisait qu'un tour, et il leur arriva de clamer leur désir d'être autorisés à marcher sur Pinchfield pour en chasser les humains et délivrer les animaux. Mais Brille-Babil leur conseilla d'éviter toute action témé-raire et de s'en remettre à la stratégie du camarade Napoléon.

Malgré tout, une âcre animosité contre Fre-derick persistait. Un dimanche matin, Napo-léon se rendit dans la grange pour expliquer qu'il n'avait à aucun moment envisagé de lui vendre le chargement de bois. Il y allait de sa dignité, expliqua-t-il, de ne jamais entretenir de relations avec des gredins pareils. Les pigeons, toujours chargés de répandre à l'exté-rieur les nouvelles du Soulèvement, reçurent l'interdiction de toucher terre en un point quelconque de Foxwood, et il leur fut ordonné de substituer au mot d'ordre initial, « Mort à l'Humanité ! », celui de « Mort à Frederick ! ». Vers la fin de l'été, une nouvelle machination de Boule de Neige fut démasquée. Les mauvai-ses herbes avaient envahi les blés, et l'on s'aperçut que, lors d'une de ses incursions nocturnes, Boule de Neige avait semé l'ivraie dans le bon grain. Un jars dans le secret du complot confessa sa faute à Brille-Babil, puis aussitôt se suicida en avalant des baies de belladone. Les animaux apprirent encore qu'à Boule de Neige — au rebours de ce que nombre d'entre eux avaient cru jusque-là — n'avait jamais été conférée la distinction de Héros-Animal, Première Classe. C'était là pure légende propagée par Boule de Neige lui-même à quelque temps de la bataille de l'Étable. Loin qu'il ait été décoré, il avait été blâmé pour sa couardise au combat. Cette nouvelle-là, comme d'autres avant elle, laissa les animaux abasourdis, mais bientôt Brille-Babil sut les convaincre que leur mémoire était en défaut.

A l'automne, au prix d'un effort harassant et qui tenait du prodige (car presque en même temps il avait fallu rentrer la moisson), le moulin à vent fut achevé. Si manquaient les moyens mécaniques de son fonctionnement, dont Whymper négociait l'achat, le corps de l'édifice existait. Au défi de tous les obstacles, malgré le manque d'expérience et les moyens primitifs à leur disposition, et la malchance, et la perfidie de Boule de Neige, l'ouvrage était debout au jour dit. Épuisés mais fiers, les animaux faisaient à n'en plus finir le tour de leur chef-d'œuvre, encore plus beau à leurs yeux que la première fois. De plus, les murs étaient deux fois plus épais, et rien désormais, rien ne pourrait plus anéantir le moulin, qu'une charge d'explosifs. Et repensant à la peine qu'ils avaient prise, aux périodes de découragement surmontées, et à la vie telle-ment différente qui serait la leur quand les ailes tourneraient et les dynamos fonctionneraient — à la pensée de toutes ces choses, leur lassitude céda et ils se mirent à cabrioler autour de leur œuvre, poussant des cris de triomphe. Napoléon lui-même, accompagné de ses chiens et de son jeune coq, se rendit sur les lieux, en personne félicita les animaux de leur réussite, et fit connaître que le moulin serait nommé Moulin Napoléon.

Deux jours plus tard les animaux furent convoqués à la grange en séance extraordinaire. Ils restèrent bouche bée quand Napoléon annonça qu'il avait vendu le chargement de bois à Frederick : dès le lendemain, celui-ci se présenterait avec ses camions pour prendre livraison de la marchandise. Ainsi, pendant la période de son amitié prétendue avec Pilkington, Napoléon avait entretenu avec Frederick les relations secrètes qui menaient à cet accord.

Toutes les relations avec Foxwood avaient été rompues et des messages injurieux adressés à Pilkington. Les pigeons avaient pour consigne d'éviter la ferme de Pinchfield et de retourner le mot d'ordre : « Mort à Frederick ! » devenait « Mort à Pilkington ! ».

En même temps, Napoléon assura les animaux que les menaces d'une attaque imminente contre la Ferme des Animaux étaient sans fondement aucun. Quant aux contes sur la cruauté de Frederick envers ses bêtes, c'était très exagéré. De telles fables devaient trouver leur origine dans la malfaisance de Boule de

Neige et de ses agents. Et pour Boule de Neige lui-même : il y avait maintenant tout lieu de croire qu'il ne s'était pas réfugié à la ferme de Pinchfield ; en vérité, il n'y était jamais allé. Depuis des années il vivait à Foxwood — dans l'opulence, disait-on —, à la solde de Pilkington.

Les cochons béaient d'admiration devant tant de fine astuce chez Napoléon. Feignant d'être l'ami de Pilkington, il avait contraint Frederick à renchérir de douze livres sur son offre initiale. Et ce qui faisait de Napoléon un cerveau d'exception, c'était, dit Brille-Babil, qu'il ne faisait confiance à personne, pas même à Frederick. Celui-ci avait voulu payer le bois au moyen d'un chèque — soit pas plus, à ce qu'il semblait, qu'une promesse d'argent écrite sur un bout de papier. Or Napoléon, des deux, était le plus malin. Il avait exigé un versement en billets de cinq livres, à lui remettre avant l'enlèvement de la marchandise ; et Frederick avait déjà payé, et le montant de la somme se trouvait suffire à l'achat de la machinerie du moulin.

Frederick avait promptement pris livraison du bois, et, l'opération achevée, une autre réunion fut tenue dans la grange où les animaux purent examiner de près les billets de banque. Portant ses deux décorations, Napoléon, sur l'estrade, reposait sur un lit de paille, souriant aux anges, l'argent à côté de lui, soigneusement empilé sur un plat de porcelaine de Chine provenant de la cuisine. Les animaux défilèrent avec lenteur, n'en croyant pas leurs yeux. Et Malabar, du museau, renifla les billets, et sous son souffle on les vit bruire et frémir.

Trois jours plus tard, ce fut un hourvari sans nom. Whymper, les traits livides, remonta le sentier sur sa bicyclette, s'en débarrassa précipitamment dans la cour, puis courut droit à la maison. L'instant d'après, on perçut, venus des appartements de Napoléon, des cris de rage mal étouffés. La nouvelle de ce qui s'était passé se répandit comme une traînée de poudre : les billets de banque étaient faux ! Frederick avait acquis le bois sans bourse délier !

Napoléon rassembla les animaux sur-le-champ, et d'une voix terrible prononça la condamnation à mort. Une fois Frederick entre nos pattes, dit-il, nous le ferons bouillir à petit feu. Et du même coup il les avertit qu'après cet acte de trahison le pire était à redouter. A tout instant, Frederick et ses gens pourraient bien lancer l'attaque si longtemps attendue. Des sentinelles furent disposées sur toutes les voies d'accès à la ferme. Quatre pigeons furent dépêchés vers Foxwood, porteurs d'un message de conciliation, car on espérait rétablir des relations de bon voisinage.

L'attaque eut lieu dès le lendemain matin. Les animaux prenaient leur premier repas quand les guetteurs firent irruption, annonçant que Frederick et ses partisans avaient déjà franchi la clôture aux cinq barreaux. Crânement, les animaux se portèrent à leur rencontre, mais cette fois la victoire ne fut pas aussi facile qu'à la bataille de l'Étable. Les hommes, une quinzaine, étaient armés de six fusils, et quand les animaux furent à cinquante mètres ils ouvrirent le feu. Les défenseurs, ne pouvant faire face aux explosions épouvantables et aux cuisantes brûlures des plombs, reculèrent, malgré les efforts de Napoléon et de Malabar pour les rameuter. Un certain nombre d'entre eux étaient blessés déjà. Alors les animaux se replièrent sur les dépendances de la ferme, épiant l'ennemi par les fentes et fissures des portes. Tout le grand herbage, moulin compris, était tombé aux mains des assaillants. A ce moment, même Napoléon avait l'air désemparé. Sans un mot il faisait les cent pas, nerveux, la queue raidie. Il avait pour la ferme de Foxwood des regards nostalgiques. Ah, si Pilkington et les siens venaient leur prêter main-forte, ils pourraient encore l'emporter ! Or à cet instant les quatre pigeons envoyés en mission la veille revinrent, l'un d'eux avec un billet griffonné au crayon par Pilkington et disant : « Ça vous apprendra ! »

Cependant Frederick et ses gens avaient fait halte auprès du moulin. Un murmure de consternation parcourut les animaux qui les regardaient faire. Car deux hommes avaient brandi une masse et une barre servant de levier. Ils s'apprêtaient à faire sauter le moulin.

« Ils n'ont aucune chance ! s'écria Napoléon. Nos murs sont bien trop épais. En une semaine ils n'y parviendraient pas. Courage, camarades ! »

Mais Benjamin regardait faire les deux hommes avec une attention soutenue. Avec la masse et la barre ils perçaient un trou à la base du moulin. Lentement, comme si la scène l'eût amusé, Benjamin hocha de son long museau :

« Je m'en doutais, dit-il. Vous ne voyez pas ce qu'ils font ? Encore un instant et ils vont enfoncer leur explosif dans l'ouverture. »

Les animaux attendaient, terrifiés. Et comment auraient-ils pu s'aventurer à découvert ? Mais bientôt on vit les hommes s'égailler de tous côtés. Puis un grondement assourdissant. Les pigeons, là-haut, tourbillonnaient.

Tous les autres animaux, Napoléon excepté, se tenaient à terre, la tête cachée. Quand ils se relevèrent, un énorme nuage de fumée noire planait sur le lieu où le moulin s'était élevé. Lentement la brise dissipa la nuée. Le moulin avait cessé d'être.

Voyant cela, les animaux reprennent courage. La peur et le désespoir éprouvés quelques instants plus tôt cèdent devant leur rage contre tant de vilenie. Une immense clameur de vengeance s'élève, et sans attendre les ordres ils se jettent en masse droit sur l'ennemi. Et c'est comme si leur sont de rien les plombs qui, drus comme grêle, s'abattent alentour.

C'est une lutte âpre et sauvage, les hommes lâchant salve sur salve, puis, quand les animaux les serrent de près, les harcelant de leurs gourdins et de leurs lourdes bottes. Une vache, trois moutons et deux oies périssent, et presque tous sont blessés. Napoléon lui-même, qui de l'arrière dirige les opérations, voit sa queue lacérée par un plomb. Mais les hommes non plus ne s'en tirent pas indemnes. A coups de sabot, Malabar fracasse trois têtes. Un autre assaillant est éventré par une vache, un autre encore a le pantalon mis à mal par les chiennes Constance et Fleur. Et quand Napoléon lâche les neuf molosses de sa garde, leur ayant enjoint de tourner l'ennemi sous couvert de la haie, les hommes, les apercevant sur leur flanc, et entendant leurs aboiements féroces, sont pris de panique. Ils se voient en danger d'être encerclés. Frederick crie à ses hommes de détaler pendant qu'il en est temps, et dans l'instant voilà les lâches qui prennent le large. C'est un sauve-qui-peut, un sauve-ta-peau.

Alors les animaux prennent les hommes en

chasse. Ils les traquent jusqu'au bas du champ. Et là, les voyant se faufiler à travers la haie, ils les obligent d'encore quelques ruades.

Vainqueurs, mais à bout de forces et couverts de sang, c'est clopin-clopant qu'ils regagnèrent la ferme. Voyant l'herbe jonchée de leurs camarades morts, certains d'entre eux pleuraient. Quelques instants, ils se recueillirent, affligés, devant le lieu où s'était élevé le moulin. Oh, il n'y avait plus de moulin, et les derniers vestiges de leur ouvrage étaient presque effacés. Même les fondations étaient en partie détruites. Et pour le reconstruire, cette fois ils ne pourraient plus se servir des pierres fracassées au sol, car elles aussi avaient disparu. La violence de la déflagration les avait projetées à des centaines de mètres. Et c'était comme si le moulin n'avait jamais été.

Comme ils approchaient de la ferme, Brille-Babil, qu'inexplicablement on n'avait pas vu au combat, vint au-devant d'eux, sautillant et trémoussant de la queue, l'air ravi. Et les animaux perçurent, venu des dépendances, retentissant et solennel, un coup de feu.

« Qu'est-ce que c'est, ce coup de fusil ? dit Malabar.

— C'est pour célébrer la victoire ! s'exclama Brille-Babil.

— Quelle victoire ? demanda Malabar. Ses genoux étaient en sang, il avait perdu un fer et écorché son sabot. Une dizaine de plombs s'étaient logés dans sa jambe de derrière.

« — Quelle victoire, camarade ? reprit Brille-Babil. N'avons-nous pas chassé l'ennemi de notre sol — le sol sacré de la Ferme des Animaux ?

— Mais ils ont détruit le moulin. Et deux ans nous y avions travaillé.

— Et alors ? Nous en bâtirons un autre, et nous en bâtirons six si cela nous chaut. Camarade, tu n'estimes pas nos prouesses à leur aune. L'ennemi foulait aux pieds notre sol même, et voici que — grâces en soient rendues au camarade Napoléon, à ses qualités de chef — nous en avons reconquis jusqu'au dernier pouce.

— Alors nous avons repris ce que nous avions déjà, dit Malabar.

— C'est bien là notre victoire », repartit Brille-Babil.

Ils entrèrent tout clopinant dans la cour. La patte de Malabar lui cuisait douloureusement, là où les plombs s'étaient fichés sous la peau. Il entrevoyait quel lourd labeur exigerait la reconstruction du moulin à partir des fondations. Et déjà, à la pensée de cette tâche, en esprit il se revigorait. Mais pour la première fois il lui vint qu'il avait maintenant onze ans d'âge, et que peut-être ses muscles n'avaient pas la même force que dans le temps.

Lorsque les animaux virent flotter le drapeau vert, et entendirent qu'on tirait le fusil de nouveau — sept fois en tout —, et quand enfin Napoléon les félicita de leur courage, alors il leur sembla qu'ils avaient, après tout, remporté une grande victoire. Aux bêtes massacrées au combat on fit des funérailles solennelles. Malabar et Douce s'attelèrent au chariot qui tint lieu de corbillard, et Napoléon en personne conduisit le cortège. Et deux grands jours furent consacrés aux célébrations. Ce furent chants et discours, et encore d'autres salves de fusil, et par faveur spéciale chaque animal reçut une pomme. En outre, les volatiles eurent droit à deux onces de blé, et les chiens à trois biscuits. Il fut proclamé que la bataille porterait le nom de bataille du Moulin à Vent, et l'on apprit que Napoléon avait pour la circonstance créé une décoration nouvelle : l'Ordre de la Bannière Verte, qu'il s'était conférée à lui-même. Et au cœur de ces réjouissances fut oubliée la regrettable affaire des billets de banque.

A quelques jours de là, les cochons tombèrent par hasard sur une caisse de whisky oubliée dans les caves. Personne n'y avait prêté attention en prenant possession des locaux ; cette même nuit, on entendit, venues de la maison, des chansons braillées à tue-tête et auxquelles se mêlaient, à la surprise générale, les accents de *Bêtes d'Angleterre*. Sur les neuf heures et demie, on reconnut distinctement Napoléon, le chef coiffé d'un vieux melon ayant appartenu à Jones, qui surgissait par la porte de l'office, galopait à travers la cour, puis s'engouffrait de nouveau à l'intérieur. Le lendemain, un lourd silence pesa sur la Ferme des Animaux, et pas un cochon qui donnât signe de vie. On allait sur les neuf heures quand Brille-Babil fit son apparition, l'air incertain, et l'allure déjetée, l'œil terne, la queue pendante et flasque, enfin faisant pitié. Il doit être gravement malade, se disait-on. Mais bientôt il rassembla les animaux pour leur faire part d'une nouvelle épouvantable. Le camarade Napoléon se mourait !

Ce ne furent que lamentations. On couvrit de paille le seuil des portes et les animaux allaient sur la pointe des pattes. Les larmes aux yeux, ils se demandaient les uns les autres ce qu'ils allaient faire si le chef leur était enlevé. Une rumeur se répandit : Boule de Neige avait réussi à glisser du poison dans sa nourriture. A onze heures Brille-Babil revint avec d'autres nouvelles. Napoléon avait arrêté son ultime décision ici-bas, punissant de mort tout un chacun pris à ingurgiter de l'alcool.

Dans la soirée, il apparut que Napoléon avait repris du poil de la bête, et le lendemain matin Brille-Babil rapporta qu'il était hors de danger. Au soir de ce jour-là il se remit au travail, et le jour suivant on apprit qu'il avait donné instruction à Whymper de se procurer à Willingdon des opuscules expliquant comment se distille et fabrique la bière. Une semaine plus tard il ordonnait de labourer le petit enclos attenant au verger primitivement réservé aux animaux devenus inaptes au travail. On en donna pour raison le mauvais état du pâturage et le besoin de l'ensemencer à neuf. Mais, on le sut bientôt, c'était de l'orge que Napoléon désirait y planter.

Vers ce temps-là, survint un incident bizarre dont le sens échappa à presque tout le monde — un fracas affreux dans la cour vers les minuit. Les animaux se ruèrent dehors où c'était le clair de lune. Au pied du mur de la grange, là où étaient inscrits les Sept Commandements, ils virent une échelle brisée en deux, et à côté Brille-Babil étendu sur le ventre, paraissant avoir perdu connaissance. Autour de lui s'étaient éparpillés une lanterne, une brosse et un pot renversé de peinture blanche. Tout aussitôt les chiens firent cercle autour de la victime et, dès qu'elle fut à même de marche., sous escorte la ramenèrent au logis. Aucun des autres animaux n'avait la moindre idée de ce que cela pouvait vouloir dire, sauf le vieux Benjamin qui d'un air

117

entendu hochait le museau, quoique décidé à se taire.

Quelques jours plus tard, la chèvre Edmée, en train de déchiffrer les Sept Commandements, s'aperçut qu'il en était encore un autre que les animaux avaient compris de travers. Ils avaient toujours cru que le Cinquième Commandement énonçait : *Aucun animal ne boira d'alcool.* Or deux mots leur avaient échappé. De fait, le commandement disait : *Aucun animal ne boira d'alcool à l'excès.*

IX

Le sabot fendu de Malabar fut long à guérir. La reconstruction du moulin avait commencé dès la fin des fêtes de la victoire. Malabar refusa de prendre un seul jour de repos, et il se faisait un point d'honneur de ne pas montrer qu'il souffrait. Le soir, il avouait à Douce, en confidence, que son sabot lui faisait mal, et Douce lui posait des cataplasmes de plantes qu'elle préparait en les mâchonnant. Benjamin se joignait à elle pour l'exhorter à prendre moins de peine. Elle lui disait : « Les bronches d'un cheval ne sont pas éternelles. » Mais Malabar ne voulait rien entendre. Il n'avait plus, disait-il, qu'une seule vraie ambition : voir la construction du moulin bien avancée avant qu'il n'atteigne l'âge de la retraite.

Dans les premiers temps, quand avaient été énoncées les lois de la Ferme des Animaux, l'âge de la retraite avait été arrêté à douze ans pour les chevaux et les cochons, quatorze pour les vaches, sept pour les moutons, cinq pour les poules et les oies. On s'était mis d'accord sur une estimation libérale du montant des pensions. Pourtant aucun animal n'avait encore bénéficié de ces avantages, mais maintenant le sujet était de plus en plus souvent débattu. Depuis que le clos attenant au verger avait été réservé à la culture de l'orge, le bruit courait qu'une parcelle du grand herbage serait clôturée et convertie en pâturage pour les animaux à la retraite. Pour un cheval on évaluait la pension à cinq livres de grain et, en hiver, quinze livres de foin, plus, aux jours fériés, une carotte, ou une pomme peut-être. Le douzième anniversaire de Malabar tombait l'été de l'année suivante.

Mais en attendant, la vie dure. L'hiver fut aussi rigoureux que le précédent, et les portions encore plus réduites — sauf pour les cochons et les chiens. Une trop stricte égalité des rations, expliquait Brille-Babil, eut été contraire aux principes de l'Animalisme. De toute façon il n'avait pas de mal à prouver aux autres animaux que, en dépit des apparences, il n'y avait pas pénurie de fourrage. Pour le moment, il était apparu nécessaire de procéder à un réajustement des rations (Brille-Babil parlait toujours d'un réajustement, jamais d'une réduction), mais l'amélioration était manifeste à qui se rappelait le temps de Jones.

D'une voix pointue et d'un débit rapide, Brille-Babil accumulait les chiffres, lesquels prouvaient par le détail : une consommation accrue en avoine, foin et navets ; une réduction du temps de travail ; un progrès en longévité ; une mortalité infantile en régression. En outre, l'eau était plus pure, la paille plus douce au sommeil, on était moins dévoré par les puces. Et tous l'en croyaient sur parole. A la vérité, Jones avec tout ce qu'il avait représenté ne leur rappelait plus grand-chose. Ils savaient bien la rudesse de leur vie à présent, et que souvent ils avaient faim et souvent froid, et qu'en dehors des heures de sommeil le plus souvent ils étaient à trimer. Mais sans doute ç'avait été pire dans les anciens temps, ils étaient contents de le croire. En outre, ils étaient esclaves alors, mais maintenant ils étaient libres, ce qui changeait tout, ainsi que Brille-Babil ne manquait jamais de le souligner.

Il y avait bien plus de bouches à nourrir désormais. A l'automne les quatre truies avaient mis bas presque en même temps, d'où, à elles toutes, trente et un nouveau-nés. Comme c'étaient des porcelets pie et que Napoléon était le mâle en chef, on pouvait sans trop de peine établir leur parenté. Il fut annoncé que plus tard, une fois briques et bois de charpente à pied d'œuvre, on construirait une école dans le potager. Pour le moment,

Napoléon avait pris sur lui-même d'enseigner les jeunes gorets dans la cuisine, et ils s'amusaient et prenaient de l'exercice dans le jardin attenant à la maison. On les détournait de se mêler aux jeux des autres animaux. Vers ce temps-là fut posé en principe que tout animal trouvant un cochon sur son chemin aurait à lui céder le pas. De plus, tous les cochons, quel que fût leur rang, jouiraient du privilège d'être vus, le dimanche, un ruban vert à la queue.

L'année à la ferme avait été assez bonne, mais on était encore à court d'argent. Il fallait se procurer les briques, le sable et la chaux pour l'école, et pour acquérir la machinerie du moulin on devrait de nouveau économiser. Et il y avait l'huile des lampes et les bougies pour la maison, le sucre pour la table de Napoléon (qu'il avait interdit aux autres cochons, disant que ça engraisse), et en outre les réapprovisionnements ordinaires : outils, clous, ficelle, charbon, fil de fer, ferraille et biscuits de chiens. On vendit une part de la récolte de pommes de terre et un peu de foin, et pour les œufs le contrat de vente fut porté à six cents par semaine. De la sorte, c'est à peine si les poules couvèrent assez de petits pour maintenir au complet leur effectif. Une première fois réduites en décembre, les rations le furent encore en février, et, pour épargner l'huile, l'usage des lanternes à l'étable et à l'écurie fut prohibé. Mais les cochons avaient encore la vie belle, apparemment, prenant même de l'embonpoint. Un après-midi de fin février, un riche et appétissant relent, tel que jamais les animaux n'en avaient humé le pareil, flotta dans la cour. Il filtrait de la petite brasserie située derrière la cuisine, que Jones avait laissée à l'abandon. Quelqu'un avança l'opinion qu'on faisait bouillir de l'orge. Les animaux reniflaient l'air avidement, et ils se demandaient si peut-être ils auraient un brouet chaud pour leur souper. Mais il n'y eut pas de brouet chaud, et le dimanche suivant on fit connaître que dorénavant tout l'orge serait réservé aux cochons. Le champ derrière le verger en avait été semé déjà, et la nouvelle transpira bientôt : tout cochon toucherait sa ration quotidienne de bière, une pinte pour le commun d'entre eux, et pour Napoléon dix, servies dans la soupière de porcelaine de Derby, marquée d'une couronne.

S'il fallait souffrir bien des épreuves, on en était en partie dédommagé car on vivait bien plus dignement qu'autrefois. Et il y avait plus de chants, plus de discours, plus de défilés. Napoléon avait ordonné une Manifestation Spontanée hebdomadaire, avec pour objet de célébrer les luttes et triomphes de la Ferme des Animaux. A l'heure convenue, tous quittaient le travail, et marchaient au pas cadencé, autour du domaine, une-deux, une-deux, et en formation militaire. Les cochons allaient devant, puis c'étaient, dans l'ordre, les chevaux, les vaches, les moutons, enfin la menue volaille. Les chiens se tenaient en serre-file. Tout en tête du cortège avançait le petit coq noir. A eux deux Malabar et Douce portaient haut une bannière verte frappée de la corne et du sabot, avec cette inscription : « Vive le camarade Napoléon ! » Après quoi étaient récités des poèmes en l'honneur de Napoléon, puis Brille-Babil prononçait un discours nourri des dernières nouvelles faisant état d'une production accrue en biens de consommation, et de temps en temps on tirait un coup de fusil. A ces Manifestations Spontanées, les moutons prenaient part avec une ferveur inégalée. Quelque animal venait-il à se plaindre (comme il arrivait à des audacieux, loin des cochons et des chiens) que tout cela était perte de temps et qu'ils faisaient le pied de grue dans le froid, les moutons chaque fois leur imposaient silence, de leurs bêlements formidables entonnant le mot d'ordre : *Quatrepattes, oui ! Deuxpattes, non !* Mais, à tout prendre, les animaux trouvaient plaisir à ces célébrations. Ils étaient confortés dans l'idée d'être leurs propres maîtres, après tout, et ainsi d'œuvrer à leur propre bien. Ainsi, grâce aux chants et défilés, et aux chiffres et sommes de Brille-Babil, et au fusil qui tonne et aux cocoricos du coquelet et au drapeau au vent, ils pouvaient oublier, un temps, qu'ils avaient le ventre creux.

En avril, la Ferme des Animaux fut proclamée République et l'on dut élire un président. Il n'y eut qu'un candidat, Napoléon, qui fut unanimement plébiscité. Ce même jour, on apprit que la collusion de Boule de Neige avec Jones était étayée sur des preuves nouvelles. Lors de la bataille de l'Étable, Boule de Neige ne s'en était pas tenu, comme les animaux l'avaient cru d'abord, à tenter de les conduire à leur perte au moyen d'un stratagème. Non. Boule de Neige avait ouvertement combattu dans les rangs de Jones. De fait, c'était lui qui avait pris la tête des forces humaines, et il était monté à l'assaut au cri de « Vive l'Humanité ! ». Et ces blessures à l'échine que quelques animaux se rappelaient lui avoir vues, elles lui avaient été infligées des dents de Napoléon.

Au cœur de l'été, le corbeau Moïse refit soudain apparition après des années d'absence. Et c'était toujours le même oiseau : n'en fichant pas une rame, et chantant les louanges de la Montagne de Sucrecandi, tout comme aux temps du bon temps. Il se perchait sur une souche, et battait des ailes, qu'il avait noires, et des heures durant il palabrait à la cantonade. « Là-haut, camarades — affirmait-il d'un ton solennel, en pointant vers le ciel son bec imposant —, de l'autre côté du nuage sombre, là se trouve la Montagne de Sucrecandi. C'est l'heureuse contrée où, pauvres animaux que nous sommes, nous nous reposerons à jamais de nos peines. » Il allait jusqu'à prétendre s'y être posé un jour qu'il avait volé très, très haut. Et là il avait vu, à l'en croire, un gâteau tout rond fait de bonnes graines (comme les animaux n'en mangent pas beaucoup en ce bas monde), et des morceaux de sucre qui poussent à même les haies, et jusqu'aux champs de trèfle éternel. Bien des animaux l'en croyaient. Nos vies présentes, se disaient-ils, sont vouées à la peine et à la faim. Qu'un monde meilleur dût exister quelque part, cela n'est-il pas équitable et juste ? Mais ce qu'il n'était pas facile d'expliquer, c'était l'attitude des chochons à l'égard de Moïse. Ils étaient unanimes à proclamer leur mépris pour la Montagne de Sucrecandi et toutes fables de cette farine, et pourtant le laissaient fainéanter à la ferme, et même lui allouaient un bock de bière quotidien.

Son sabot guéri, Malabar travailla plus dur que jamais. A la vérité, cette année-là, tous les animaux peinèrent comme des esclaves. Outre le contraignant train-train de la ferme, il y avait la construction du nouveau moulin et celle de l'école des jeunes gorets, commencée en mars. Quelquefois leur long labeur, avec cette nourriture insuffisante, les épuisait, mais Malabar, lui, ne faiblissait jamais. Il n'avait plus ses forces d'autrefois, mais rien dans ses faits et gestes ne le trahissait. Seule son apparence avait un peu changé. Sa robe était moins luisante, ses reins semblaient se creuser. « Malabar va se requinquer avec l'herbe du printemps », disaient les autres, mais ce fut le printemps et Malabar ne reprit pas de poids. Parfois, sur la pente qui conduit en haut de la carrière, à le voir bander ses muscles sous le faix d'un énorme bloc de pierre, on aurait dit que rien ne le retenait debout que la volonté. A ces moments-là, on lisait sur ses lèvres sa devise : « Je travaillerai plus dur », mais la voix lui manquait. Une fois encore, Douce et Benjamin lui dirent de faire attention à sa santé, mais lui n'en faisait toujours qu'à sa tête. Son douzième anniversaire était proche. Eh bien, advienne que pourra, pourvu qu'avant de prendre sa retraite il ait rassemblé un tas de pierres bien conséquent.

Tard un soir d'été, tout d'un coup une rumeur fit le tour de la ferme : quelque chose était arrivé à Malabar. Il était allé tout seul pour traîner jusqu'au moulin encore une charretée de pierres. Et, bel et bien, la rumeur disait vrai. Quelques minutes ne s'étaient pas écoulées que des pigeons se précipitaient avec

127

la nouvelle : « Malabar est tombé ! Il est couché sur le flanc et ne peut plus se relever ! »

Près de la moitié des animaux coururent au mamelon où se dressait le moulin. Malabar gisait là, étendu entre les brancards de la charrette, les flancs gluants de sueur, tirant sur l'encolure et le regard vitreux : incapable même de redresser la tête. Un mince filet de sang lui était venu à la bouche. Douce se mit à genoux à côté de lui.

« Malabar, s'écria-t-elle, comment te sens-tu ?

— C'est les bronches, balbutia Malabar. Ça ne fait rien. Je crois que vous serez en mesure de finir le moulin sans moi. Il y a un tas de pierres bien conséquent. Je n'avais plus qu'un mois de travail devant moi, de toute façon. Et pour tout te dire, j'avais hâte de prendre ma retraite. Et comme Benjamin se fait vieux, peut-être que lui aussi ils le laisseront prendre sa retraite pour me tenir compagnie.

— Il faut qu'on t'aide tout de suite, dit Douce. Vite, que quelqu'un prévienne Brille-Babil. »

Sans plus attendre, les animaux regagnèrent la ferme au grand galop pour porter la nouvelle à Brille-Babil. Douce resta seule sur place avec Benjamin qui, sans un mot, s'étendit à côté de Malabar, et de sa longue queue se mit à chasser les mouches qui l'embêtaient. Un quart d'heure plus tard à peu près, Brille-Babil se présenta, plein de sollicitude. Il déclara que le camarade Napoléon avait appris avec la plus profonde affliction le malheur survenu à l'un des plus fidèles serviteurs de la ferme, et que déjà il prenait ses dispositions pour le faire soigner à l'hôpital de Willingdon. A ces mots, les animaux ne se sentirent pas trop rassurés. A part Lubie et Boule de Neige, jusque-là aucun animal n'avait quitté la ferme, et l'idée de remettre leur camarade malade entre les mains des hommes ne leur disait rien du tout. Néanmoins, Brille-Babil les rassura vite : le vétérinaire de Willingdon s'occuperait de Malabar bien mieux qu'on ne l'aurait pu à la ferme. Et à peu près une demi-heure plus tard, une fois Malabar plus ou moins remis et debout tant bien que mal, on le ramena clopin-clopant à l'écurie où Douce et Benjamin lui avaient préparé un bon lit de paille.

Les deux jours suivants Malabar ne quitta pas son box. Les cochons lui avaient fait remettre une grande fiole de remèdes rose bonbon découverte dans une armoire de la salle de bains. Douce lui administrait cette médecine deux fois par jour après les repas. Le soir elle se couchait à côté de lui et, pendant que Benjamin chassait les mouches, lui faisait la conversation. Malabar déclarait n'être pas fâché de ce qui était arrivé. Une fois qu'il aurait récupéré, il se donnait encore trois ans à vivre, et se faisait une fête de couler des jours paisibles dans un coin de l'herbage. Pour la première fois, il aurait des loisirs et pourrait se cultiver l'esprit. Il avait l'intention, disait-il, de passer le reste de sa vie à apprendre les vingt et une autres lettres de l'alphabet.

Cependant, Benjamin et Douce ne pouvaient retrouver Malabar qu'après les heures de travail, et ce fut au milieu de la journée que le fourgon vint le prendre. Les animaux étaient à sarcler des navets sous la garde d'un cochon quand ils furent stupéfaits de voir Benjamin, accouru au galop des dépendances et brayant à tue-tête. Ils ne l'avaient jamais connu dans un état pareil — de fait, ils ne l'avaient même jamais vu prendre le galop. « Vite, vite ! criait-il. Venez tout de suite ! Ils emmènent Malabar ! » Sans attendre les ordres du cochon, les animaux plantèrent là le travail et se hâtèrent de regagner les bâtiments. Et, à n'en pas douter, il y avait dans la cour, tiré par deux chevaux et conduit par un homme à la mine chafouine, un melon rabattu sur le front, un immense fourgon fermé. Sur le côté du fourgon, on pouvait lire des lettres en caractères imposants. Et le box de Malabar était vide.

Les animaux se pressèrent autour du fourgon, criant en chœur : « Au revoir, Malabar ! Au revoir, au revoir ! »

« Bande d'idiots ! se mit à braire Benjamin. Il piaffait et trépignait de ses petits sabots. Bande d'idiots ! Est-ce que vous ne voyez pas comme c'est écrit sur le côté du fourgon ? »

Les animaux se turent, et même se fut un profond silence. Edmée s'était mise à épeler les lettres, mais Benjamin l'écarta brusquement, et dans le mutisme des autres, lut :

« " Alfred Simmonds, Équarrisseur et Fabricant de Matières adhésives, Willingdon. Négociant en Peaux et Engrais animal. Fourniture de chenils. " Y êtes-vous maintenant ? Ils emmènent Malabar pour l'abattre ! »

Un cri d'horreur s'éleva, poussé par tous. Dans l'instant, l'homme fouetta ses chevaux et à bon trot le fourgon quitta la cour. Les animaux s'élancèrent après lui, criant de toutes leurs forces. Douce s'était faufilée en tête. le fourgon commença à prendre de la vitesse. Et la jument, s'efforçant de pousser sur ses jambes trop fortes, tout juste avançait au petit galop. « Malabar ! cria-t-elle, Malabar ! Malabar ! Malabar ! » Et à ce moment précis, comme si lui fût parvenu le vacarme du dehors, Malabar, à l'arrière du fourgon, montra le mufle et la raie blanche qui lui descendaient jusqu'aux naseaux.

« Malabar ! lui cria Douce d'une voix de catastrophe. Malabar ! Sauve-toi ! Sauve-toi vite ! Ils te mènent à la mort ! »

Tous les animaux reprirent son cri :
« Sauve-toi, Malabar ! Sauve-toi ! » Mais déjà
la voiture les gagnait de vitesse.

Il n'était pas sûr que Malabar eût entendu
l'appel de Douce. Bientôt son visage s'effaça de
la lucarne, mais ensuite on l'entendit tambou-
riner et trépigner à l'intérieur du fourgon, de
tous ses sabots. Un fracas terrifiant. Il essayait,
à grandes ruades, de défoncer le fourgon. Le
temps avait été où de quelques coups de sabot
il aurait pulvérisé cette voiture. Mais hélas sa
force l'avait abandonné, et bientôt le fracas de
ses sabots tambourinant s'atténua puis s'étei-
gnit.

Au désespoir, les animaux se prirent à
conjurer les deux chevaux qui tiraient le fourgon. Qu'ils s'arrêtent donc ! « Camarades,
camarades ! criaient les animaux, ne menez pas
votre propre frère à la mort ! » Mais c'étaient
des brutes bien trop ignares pour se rendre
compte de ce qui était en jeu. Ces chevaux-là se
contentèrent de rabattre les oreilles et forcèrent
le train.

Les traits de Malabar ne réapparurent plus
à la lucarne. Trop tard, quelqu'un eut l'idée de
filer devant et de refermer la clôture aux cinq
barreaux. Le fourgon la franchissait déjà, et
bientôt dévala la route et disparut.

On ne revit jamais Malabar.

Trois jours plus tard il fut annoncé qu'il était

mort à l'hôpital de Willingdon, en dépit de tous les soins qu'on puisse donner à un cheval. C'est Brille-Babil qui annonça la nouvelle. Il était là, dit-il, lors des derniers moments.

« Le spectacle le plus émouvant que j'aie jamais vu, déclara-t-il de la patte s'essuyant une larme. J'étais à son chevet tout à la fin. Et comme il était trop faible pour parler, il m'a confié à l'oreille son unique chagrin, qui était de rendre l'âme avant d'avoir vu le moulin achevé. " En avant, camarades ! disait-il dans son dernier souffle. En avant, au nom du Soulèvement ! Vive la Ferme des Animaux ! Vive le camarade Napoléon ! Napoléon ne se trompe jamais ! " Telles furent ses dernières paroles, camarades. »

Puis tout à trac Brille-Babil changea d'attitude. Il garda le silence quelques instants, et ces petits yeux méfiants allaient de l'un à l'autre. Enfin il reprit la parole.

Il avait eu vent, dit-il, d'une rumeur ridicule et perfide qui avait couru lors du transfert de Malabar à l'hôpital. Sur le fourgon qui emportait leur camarade, certains animaux avaient remarqué le mot « équarrisseur », et bel et bien en avaient conclu qu'on l'emmenait chez l'abatteur de chevaux ! Vraiment, c'était à ne pas croire qu'il y eût des animaux aussi bêtes. Sans nul doute, s'écria-t-il, indigné, la queue frémissante et sautillant de gauche à droite, sans nul doute les animaux connaissent assez leur chef bien-aimé, le camarade Napoléon, pour ne pas croire à des fables pareilles. L'explication était la plus simple. Le fourgon avait bien appartenu à un équarrisseur, mais celui-ci l'avait vendu à un vétérinaire, et ce vétérinaire n'avait pas encore effacé l'ancienne raison sociale sous une nouvelle couche de peinture. C'est ce qui avait pu induire en erreur.

Les animaux éprouvèrent un profond soulagement à ces paroles. Et quand Brille-Babil leur eût donné d'autres explications magnifiques sur les derniers moments de Malabar — les soins admirables dont il avait été entouré, les remèdes hors de prix payés par Napoléon sans qu'il se fût soucié du coût —, alors leurs derniers doutes furent levés, et le chagrin qu'ils éprouvaient de la mort de leur camarade fut adoucie à la pensée qu'au moins il était mort heureux.

Le dimanche suivant, Napoléon en personne apparut à l'assemblée du matin, et il prononça une brève allocution pour célébrer la mémoire du regretté camarade. Il n'avait pas été possible, dit-il, de ramener ses restes afin de les inhumer à la ferme, mais il avait commandé une couronne imposante, qu'on ferait avec les lauriers du jardin et qui serait déposée sur sa tombe. Les cochons comptaient organiser, sous quelques jours, un banquet commémoratif en l'honneur du défunt. Napoléon termina son oraison funèbre en rappelant les deux maximes préférées de Malabar : « Je vais travailler plus dur » et « Le camarade Napoléon ne se trompe jamais » — maximes, ajouta-t-il, que tout animal gagnerait à faire siennes.

Au jour fixé du banquet, une camionnette d'épicier vint de Willingdon livrer à la maison une grande caisse à claire-voie. Cette nuit-là s'éleva un grand tintamarre de chansons, suivi, eut-on dit, d'une querelle violente qui sur les onze heures prit fin dans un fracas de verres brisés. Personne dans la maison d'habitation ne donna signe de vie avant le lendemain midi, et le bruit courut que les cochons s'étaient procuré, on ne savait où ni comment, l'argent d'une autre caisse de whisky.

X

Les années passaient. L'aller et retour des saisons emportait la vie brève des animaux, et le temps vint où les jours d'avant le Soulèvement ne leur dirent plus rien. Seuls la jument Douce, le vieil âne atrabilaire Benjamin, le corbeau apprivoisé Moïse et certains cochons se souvenaient encore.

La chèvre Edmée était morte; les chiens, Fleur, Constance et Filou, étaient morts. Jones lui-même était mort alcoolique, pensionnaire d'une maison de santé, dans une autre partie du pays. Boule de Neige était tombé dans l'oubli. Malabar, aussi, était tombé dans l'oubli, sauf pour quelques-uns de ceux qui l'avaient connu. Douce était maintenant une vieille jument pansue, aux membres perclus et aux yeux chassieux. Elle avait dépassé de deux ans la limite d'âge des travailleurs, mais en fait jamais un animal n'avait profité de la retraite. Depuis belle lurette on ne parlait plus de réserver un coin de pacage aux animaux sur le retour. Napoléon était un cochon d'âge avancé et pesait cent cinquante kilos, et Brille-Babil si bouffi de graisse que c'est à peine s'il pouvait entrouvrir les yeux. Seul le vieux Benjamin était resté le même, à part le mufle un peu grisonnant, et, depuis la mort de Malabar, un caractère plus que jamais revêche et taciturne.

Désormais les animaux étaient bien plus nombreux, quoique sans s'être multipliés autant qu'on l'avait craint dans les premiers jours. Beaucoup étaient nés pour qui le Soulèvement n'était qu'une tradition sans éclat, du bouche à oreille. D'autres avaient été achetés, qui jamais n'en avaient ouï parler avant leur arrivée sur les lieux. En plus de Douce, il y avait maintenant trois chevaux à la ferme : des animaux bien pris et bien campés, aimant le travail et bons compagnons, mais tout à fait bornés. De l'alphabet, aucun d'eux ne put retenir plus que les deux premières lettres. Ils admettaient tout ce qu'on leur disait du Soulèvement et des principes de l'Animalisme, surtout quand Douce les en entretenait, car ils lui portaient un respect quasi filial, mais il est douteux qu'ils y aient entendu grand-chose.

La ferme était plus prospère maintenant et mieux tenue. Elle s'était agrandie de deux champs achetés à Mr. Pilkington. Le moulin avait été construit à la fin des fins. On se servait d'une batteuse, et d'un monte-charge pour le foin, et il y avait de nouveaux bâtiments. Whymper s'était procuré une charrette anglaise. Le moulin, toutefois, n'avait pas été employé à produire du courant électrique. Il servait à moudre le blé et rapportait de fameux bénéfices. Les animaux s'affairaient à ériger un autre moulin qui, une fois achevé, serait équipé de dynamos, disait-on. Mais de toutes les belles choses dont Boule de Neige avait fait rêver les animaux — la semaine de trois jours, les installations électriques, l'eau courante chaude et froide —, on ne parlait plus. Napoléon avait dénoncé ces idées comme contraires à l'esprit de l'Animalisme. Le bonheur le plus vrai, déclarait-il, réside dans le travail opiniâtre et l'existence frugale.

On eut dit qu'en quelque façon la ferme s'était enrichie sans rendre les animaux plus riches — hormis, assurément, les cochons et les chiens. C'était peut-être, en partie, parce qu'il y avait tellement de cochons et tellement de chiens. Et on ne pouvait pas dire qu'ils ne travaillaient pas, travaillant à leur manière. Ainsi que Brille-Babil l'expliquait sans relâche, c'est une tâche écrasante que celle d'organisateur et de contrôleur, et une tâche qui, de par sa nature, dépasse l'entendement commun. Brille-Babil faisait état des efforts considérables des cochons, penchés sur des besognes mystérieuses. Il parlait dossiers, rapports, minutes, memoranda. De grandes feuilles de papier étaient couvertes d'une écriture serrée, et dès qu'ainsi couvertes, jetées au feu. Cela, disait encore Brille-Babil, était d'une importance capitale pour la bonne gestion du domaine. Malgré tout, cochons et chiens ne produisaient pas de nourriture par leur travail, et ils étaient en grand nombre et pourvus de bon appétit.

Quant aux autres, autant qu'ils le pouvaient savoir, leur vie était comme elle avait toujours été. Ils avaient le plus souvent faim, dormaient sur la paille, buvaient l'eau de l'abreuvoir, labouraient les champs. Ils souffraient du froid l'hiver et l'été des mouches. Parfois les plus âgés fouillaient dans le flou des souvenirs, essayant de savoir si, aux premiers jours après le Soulèvement, juste après l'expropriation de Jones, la vie avait été meilleure ou pire qu'à présent. Ils ne se rappelaient plus. Il n'y avait rien à quoi comparer leurs vies actuelles ; rien à quoi ils pussent s'en remettre que les colonnes de chiffres de Brille-Babil, lesquelles invariablement prouvaient que tout toujours allait de mieux en mieux. Les animaux trouvaient leur problème insoluble. De toute manière, ils avaient peu de temps pour de telles médidations, désormais. Seul le vieux Benjamin affirmait se rappeler sa longue vie dans le

139

menu détail, et ainsi savoir que les choses n'avaient jamais été, ni ne pourraient jamais être bien meilleures ou bien pires — la faim, les épreuves et les déboires, telle était, à l'en croire, la loi inaltérable de la vie.

Et pourtant les animaux ne renoncèrent jamais à l'espérance. Mieux, ils ne cessèrent, fût-ce un instant, de tenir à honneur, et de regarder comme un privilège, leur appartenance à la Ferme des Animaux : la seule du comté et même de toute l'Angleterre à être exploitée par les animaux. Pas un d'entre eux, même parmi les plus jeunes ou bien ceux venus de fermes distantes de cinq à dix lieues, qui toujours ne s'en émerveillât. Et quand ils entendaient la détonation du fusil et voyaient le drapeau vert flotter au mât, leur cœur battait plus fort, ils étaient saisis d'un orgueil qui ne mourrait pas, et sans cesse la conversation revenait sur les jours héroïques d'autrefois : l'expropriation de Jones, la loi des Sept Commandements, les grandes batailles et l'envahisseur taillé en pièces. A aucun des anciens rêves ils n'avaient renoncé. Ils croyaient encore à la bonne nouvelle annoncée par Sage l'Ancien : la République des Animaux. Alors, pensaient-ils, les verts pâturages d'Angleterre ne seraient plus foulés par les humains. Le jour viendrait : pas tout de suite, pas de leur vivant peut-être. N'importe, le jour venait. Même l'air de *Bêtes d'Angleterre* était peut-être fredonné ici et là en secret. De toute façon, il était bien connu que chaque animal de la ferme le savait, même si nul ne se fût enhardi à le chanter tout haut. Leur vie pouvait être pénible, et sans doute tous leurs espoirs n'avaient pas été comblés, mais ils se savaient différents de tous les autres animaux. S'ils avaient faim, ce n'était pas de nourrir des humains tyranniques. S'ils travaillaient dur, au moins c'était à leur compte. Plus parmi eux de deux pattes, et aucune créature ne donnait à aucune autre le nom de Maître. Tous les animaux étaient égaux.

Une fois, au début de l'été, Brille-Babil ordonna aux moutons de le suivre. Il les mena à l'autre extrémité de la ferme, jusqu'à un lopin de terre en friche envahi par de jeunes bouleaux. Là, ils passèrent tout le jour à brouter les feuilles, sous la surveillance de Brille-Babil. Au soir venu, celui-ci regagna la maison d'habitation, disant aux moutons de rester sur place pour profiter du temps chaud. Il arriva qu'ils demeurèrent sur place la semaine entière, et tout ce temps les autres animaux point ne les virent. Brille-Babil passait la plus grande partie du jour dans leur compagnie. Il leur apprenait, disait-il, un chant nouveau, dont le secret devait être gardé.

Les moutons étaient tout juste de retour que,

dans la douceur du soir — alors que les animaux regagnaient les dépendances, le travail fini —, retentit dans la cour un hennissement d'épouvante. Les animaux tout surpris firent halte. C'était la voix de Douce. Elle hennit une seconde fois, et tous les animaux se ruèrent dans la cour au grand galop. Alors ils virent ce que Douce avait vu.

Un cochon qui marchait sur ses pattes de derrière.

Et, oui, c'était Brille-Babil. Un peu gauchement, et peu accoutumé à supporter sa forte corpulence dans cette position, mais tout de même en parfait équilibre, Brille-Babil, déambulant à pas comptés, traversait la cour. Un peu plus tard, une longue file de cochons sortit de la maison, et tous avançaient sur leurs pattes de derrière. Certains s'en tiraient mieux que d'autres, et un ou deux, un peu chancelants, se seraient bien trouvés d'une canne, mais tous réussirent à faire le tour de la cour sans encombre. A la fin ce furent les aboiements formidables des chiens et l'ardent cocorico du petit coq noir, et l'on vit s'avancer Napoléon lui-même, tout redressé et majestueux, jetant de droite et de gauche des regards hautains, les chiens gambadant autour de sa personne.

Il tenait un fouet dans sa patte.

Ce fut un silence de mort. Abasourdis et

terrifiés, les animaux se serraient les uns contre les autres, suivant des yeux le long cortège des cochons avec lenteur défilant autour de la cour. C'était comme le monde à l'envers. Puis, le premier choc une fois émoussé, au mépris de tout — de leur frayeur des chiens, et des habitudes acquises au long des ans de ne jamais se plaindre ni critiquer, quoi qu'il advienne — ils auraient protesté sans doute, auraient élevé la parole. Mais alors, comme répondant à un signal, tous les moutons en chœur se prirent à bêler de toute leur force :

Quatrepattes, bon ! Deuxpattes, mieux ! Quatrepattes, bon ! Deuxpattes, mieux !

Ils bêlèrent ainsi cinq bonnes minutes durant. Et quand ils se turent, aux autres échappa l'occasion de protester, car le cortège des cochons avait regagné la résidence.

Benjamin sentit des naseaux contre son épaule, comme d'un animal en peine qui aurait voulu lui parler. C'était Douce. Ses vieux yeux avaient l'air plus perdus que jamais. Sans un mot, elle tira Benjamin par la crinière, doucement, et l'entraîna jusqu'au fond de la grange où les Sept Commandements étaient inscrits. Une minute ou deux, ils fixèrent le mur goudronné aux lettres blanches. Douce finit par dire :

« Ma vue baisse. Même au temps de ma jeunesse je n'aurais pas pu lire comme c'est

143

écrit. Mais on dirait que le mur n'est plus tout à fait le même. Benjamin, les Sept Commandements sont-ils toujours comme autrefois ? »

Benjamin, pour une fois consentant à rompre avec ses principes, lui lut ce qui était écrit sur le mur. Il n'y avait plus maintenant qu'un seul Commandement. Il énonçait :

TOUS LES ANIMAUX
SONT ÉGAUX
MAIS CERTAINS SONT PLUS ÉGAUX
QUE D'AUTRES

Après quoi le lendemain il ne parut pas étrange de voir les cochons superviser le travail de la ferme le fouet à la patte. Il ne parut pas étrange d'apprendre qu'ils s'étaient procurés un poste de radio, faisaient installer le téléphone et s'étaient abonnés à des journaux — des hebdomadaires rigolos, et un quotidien populaire. Il ne parut pas étrange de rencontrer Napoléon faire un tour de jardin la pipe à la bouche — non plus que de voir les cochons endosser les vêtements de Mr. Jones tirés de l'armoire. Napoléon lui-même se montra en veston noir, en culotte pour la chasse aux rats et guêtres de cuir, accompagné de sa truie favorite, dans une robe de soie moirée, celle que Mrs. Jones portait les dimanches.

Un après-midi de la semaine suivante, plusieurs charrettes anglaises se présentèrent à la ferme. Une délégation de fermiers du voisinage avait été invitée à visiter le domaine. On leur fit inspecter toute l'exploitation, et elle les trouva en tout admiratifs, mais le moulin fut ce qu'ils apprécièrent le plus. Les animaux désherbaient un champ de navets. Ils travaillaient avec empressement, osant à peine lever la tête et ne sachant, des cochons et des visiteurs, lesquels redouter le plus.

Ce soir-là on entendit, venus de la maison, des couplets braillés et des explosions de rire. Et, au tumulte de ces voix entremêlées, tout à coup les animaux furent saisis de curiosité. Que pouvait-il bien se passer là-bas, maintenant que pour la première fois hommes et animaux se rencontraient sur un pied d'égalité? D'un commun accord, ils se glissèrent à pas feutrés vers le jardin.

Ils font halte à la barrière, un peu effrayés de leur propre audace, mais Douce montrait le chemin. Puis sur la pointe des pattes avancent vers la maison, et ceux qui d'entre eux sont assez grands pour ça hasardent, par la fenêtre de la salle à manger, un coup d'œil à l'intérieur. Et là, autour de la longue table, se tiennent une douzaine de fermiers et une demi-douzaine de cochons entre les plus éminents. Napoléon lui-même préside, il occupe la place d'honneur au haut bout de la table. Les cochons ont l'air assis tout à leur aise. On avait joué aux cartes, mais c'est fini maintenant. A l'évidence, un toast va être porté. On fait circuler un grand pichet de bière et chacun une nouvelle fois remplit sa chope. Personne n'a soupçonné l'ébahissement des animaux qui, de la fenêtre, voient ces choses.

M. Pilkington, de Foxwood, s'était levé, chope en main. Dans un moment, dit-il, il porterait un toast, mais d'abord il croyait de son devoir de dire quelques mots.

C'était pour lui — ainsi, il en était convaincu, que pour tous les présents — une source de profonde satisfaction de savoir enfin révolue une longue période de méfiance et d'incompréhension. Un temps avait été — non que lui-même ou aucun des convives aient partagé de tels sentiments —, un temps où les honorables propriétaires de la ferme des animaux avaient été regardés, il se garderait de dire d'un œil hostile, mais enfin avec une certaine appréhension, par leurs voisins les hommes. Des incidents regrettables s'étaient produits, des idées fausses avaient été monnaie courante. On avait eu le sentiment qu'une ferme que s'étaient appropriée des cochons et qu'ils exploitaient était en quelque sorte une anomalie, susceptible de troubler les relations de bon voisinage. Trop de fermiers avaient tenu pour vrai, sans enquête préalable sérieuse, que dans une telle ferme prévaudrait un esprit de dissolution et d'indiscipline. Ils avaient appréhendé des conséquences fâcheuses sur leurs animaux, ou peut-être même sur leurs humains salariés. Mais tous doutes semblables étaient maintenant dissipés. Aujourd'hui lui et ses amis avaient visité la Ferme des Animaux, en avaient inspecté chaque pouce, et qu'avaient-ils trouvé ? Non seulement des méthodes de pointe, mais encore un ordre et une discipline méritant d'être partout donnés en exemple. Il croyait pouvoir avancer à bon droit que les animaux inférieurs de la Ferme des Animaux travaillaient plus dur et recevaient moins de nourriture que tous autres animaux du comté. En vérité, lui et ses amis venaient de faire bien des constatations dont ils entendaient tirer profit sans délai dans leurs propres exploitations.

Il terminerait sa modeste allocution, dit-il, en soulignant une fois encore les sentiments d'amitié réciproque qui existent, et continueront d'exister, entre la Ferme des Animaux et les fermes voisines. Entre cochons et hommes il n'y a pas, et il n'y a pas de raison qu'il y ait, un conflit d'intérêt quelconque. Les luttes et les vicissitudes sont identiques. Le problème de la main-d'œuvre n'est-il pas partout le même ?

A ce point, il n'échappa à personne que Mr. Pilkington était sur le point d'adresser à la

147

compagnie quelque pointe d'esprit, méditée de longue main. Mais pendant quelques instants il eut trop envie de rire pour l'énoncer. S'étranglant presque, et montrant un triple menton violacé, il finit par dire : « Si vous avez affaire aux animaux inférieurs, nous c'est aux classes inférieures. » Ce bon mot mit la tablée en grande joie. Et de nouveau Mr. Pilkington congratula les cochons sur les basses rations, la longue durée du travail et le refus de dorloter les animaux de la Ferme.

Et maintenant, dit-il en conclusion, qu'il lui soit permis d'inviter la compagnie à se lever, et que chacun remplisse sa chope. « Messieurs, conclut Pilkington, Messieurs, je porte un toast à la prospérité de la Ferme des Animaux. »

On acclama, on trépigna, ce fut le débordement d'enthousiasme. Napoléon, comblé, fit le tour de la table pour, avant de vider sa chope, trinquer avec Mr. Pilkington. Les vivats apaisés, il demeura debout, signifiant qu'il avait aussi quelques mots à dire.

Comme tous ses discours, celui-ci fut bref mais bien en situation. Lui aussi, dit-il, se réjouissait que la période d'incompréhension fût à son terme. Longtemps des rumeurs avaient couru — lancées, il avait lieu de le croire, par un ennemi venimeux —, selon lesquelles ses idées et celles de ses collègues avaient quelque chose de subversif pour ne pas dire de révolutionnaire. On leur avait imputé l'intention de fomenter la rébellion parmi les animaux des fermes avoisinantes. Rien de plus éloigné de la vérité ! Leur unique désir, maintenant comme dans le passé, était de vivre en paix avec leurs voisins et d'entretenir avec eux des relations d'affaires normales . Cette ferme, qu'il avait l'honneur de gérer, ajouta-t-il, était une entreprise coopérative. Les titres de propriété, qu'il avait en sa propre possession, appartenaient à la communauté des cochons.

Il ne croyait pas, dit-il, que rien subsistât de la suspicion d'autrefois, mais certaines modifications avaient été récemment introduites dans les anciennes habitudes de la ferme qui auraient pour effet de promouvoir une confiance encore accrue. Jusqu'ici les animaux avaient eu pour coutume, assez sotte, de s'adresser l'un à l'autre en s'appelant « camarade ». Voilà qui allait être aboli. Une autre coutume singulière, d'origine inconnue, consistait à défiler chaque dimanche matin devant le crâne d'un vieux verrat, cloué à un poteau du jardin. Cet usage serait aboli également, et déjà le crâne avait été enterré. Enfin ses hôtes avaient peut-être remarqué le drapeau vert en haut du mât. Si c'était le cas, alors ils avaient remarqué aussi que le sabot et la corne, dont il était frappé naguère, n'y figuraient plus. Le drapeau, dépouillé de cet emblème, serait vert uni désormais.

Il n'adresserait qu'une seule critique à l'excellent discours de bon voisinage de Mr. Pilkington, qui s'était référé tout au long à la « Ferme des Animaux ». Il ne pouvait évidemment pas savoir — puisque lui, Napoléon, en faisait la révélation en ce moment — que cette raison sociale avait été récusée. La ferme serait connue à l'avenir sous le nom de « Ferme du Manoir » — son véritable nom d'origine, sauf erreur de sa part.

« Messieurs, conclut Napoléon, je vais porter le même toast que tout à l'heure, mais autrement formulé. Que chacun remplisse sa chope à ras bord. Messieurs, je bois à la prospérité de la Ferme du Manoir ! »

Ce furent encore des acclamations chaleureuses, et les chopes furent vidées avec entrain. Mais alors que les animaux observaient la scène du dehors, il leur parut que quelque chose de bizarre était en train de se passer. Pour quelle raison les traits des cochons n'étaient-ils plus tout à fait les mêmes ? Les yeux fatigués de Douce glissaient d'un visage à l'autre. Certains avaient un quintuple menton, d'autres avaient le menton quadruple et d'autres triple. Mais qu'est-ce que c'était qui avait l'air de se dissoudre, de s'effondrer, de se métamorphoser ? Les applaudissements s'étaient tus. Les convives reprirent la partie de cartes interrompue, et les animaux silencieux filèrent en catimini.

Ils n'avaient pas fait vingt mètres qu'ils furent cloués sur place. Des vociférations partaient de la maison. Ils se hâtèrent de revenir mettre le nez à la fenêtre. Et, de fait, une querelle violente était en cours. Ce n'étaient que cris, coups assénés sur la table, regards aigus et soupçonneux, dénégations furibondes. La cause du charivari semblait due au fait que Napoléon et Mr. Pilkington avaient abattu un as de pique en même temps.

Douze voix coléreuses criaient et elles étaient toutes les mêmes. Il n'y avait plus maintenant à se faire de questions sur les traits altérés des cochons. Dehors, les yeux des animaux allaient du cochon à l'homme et de l'homme au cochon, et de nouveau du cochon à l'homme; mais déjà il était impossible de distinguer l'un de l'autre.

DU MÊME AUTEUR

Impression Bussière à Saint-Amand (Cher),
le 24 janvier 1984.
Dépôt légal : janvier 1984.
1ᵉʳ dépôt légal dans la collection : décembre 1983
Numéro d'imprimeur : 287.

ISBN 2-07-037516-1./Imprimé en France.
Précédemment publié par les éditions Champ Libre
ISBN 2-85184-120-3.